文學研究叢書・古典詩學叢刊

儒道佛陶染的詩文美學詮釋

吳幸姬　著

自序

　　文學是我的最愛，而哲學美學則是我進入文學批評裡的鎖鑰。在學術研究的路上，一直讓我耿耿於懷的是：作為現代的研究學者，面對意蘊深厚的中國古代典籍和積累至今的今古學者的研究成果，我究竟該採取何種進路，方得以在前賢的研究成果上更進一層樓呢？於是我彷彿走進了一個迷魂陣中而難以脫逃。哲學讓我清楚明白古代哲人思考宇宙天地與人身修養的基點，以及由此而衍生出的美學思想。概言之，中國儒、道、佛三家各有其精神生命所要追求的終極價值與修身養性之道，亦各依其不同的價值關懷而孕育出獨特的文學藝術之審美品味。

　　就中國文化而言，「和」是中國美學思想之核心概念。職是，〈從「和」觀論《中庸》與《樂記》的關係〉這篇文章雖然並非直接涉及詩歌之闡釋議題，但卻與本書其他篇章間接相關，故將之列於本書之首，以示導引之意。本文試圖以「和」這一觀念代表《中庸》與《樂記》兩書的思想基調，而經由觀念史的考察，來探討兩書之間的關係。大體言之，《中庸》與《樂記》，一自人性論論「和」，另一則逕從樂上談「和」，進路雖不同，但卻同為孔子「成於樂」思想之嫡系，而這兩書對「和」的詮釋進路的不同，正反映了先秦儒家之「和」觀的兩種發展路向：一是直承孔子「成於樂」之思想，而發展為純就道德修養上論「和」，如帛書〈五行篇〉者；另一則是遵循孔子禮樂合論的模式，依禮而論「和」，如荀子者。

　　儒家之政治倫理思想在中國文化的發展中向來居於主導的地

位。歷代士子在儒家教義的陶養中不免懷抱致身天下國家之志。然而,仕進有時,天命難違,故懷才不遇之憾往往不招而至。當他們面臨政治社會現實的存在困境時,儒家教人修身俟命,而老莊道家則言安時處順;至於佛家,則云「一切有為法,如夢幻泡影」,欲人出離生死苦海以臻至涅槃境界。魏晉以降之士子文人遂在此三家義理之陶養習染下,各自覓得慰藉心靈的精神支柱,進而創造出饒具文藝之美的詩篇。〈從《文心雕龍》論劉勰對儒道兩家思想的轉化與融合〉列於第二,蓋因此篇旨在闡述尊孔崇儒的劉勰在魏晉六朝玄學風行的氛圍裡亦不免受其影響,故而在其《文心雕龍》中出現了轉化與融合儒道兩家思想的文學理論。有鑑於此,本文即從兩方面來加以闡釋:一是劉勰如何從老子「道法自然」的思想中轉化而為其〈原道〉所謂「文之為德也大矣,與天地並生」;二是劉勰如何從儒家「修辭立其誠」與「文質彬彬」的肯認裡轉化而為其〈情采〉所謂「聖賢書辭,總稱文章,非采而何?」的文學主張。

　　本書自〈從阮籍《詠懷》詩論文學與意義治療〉至〈王維詩中之禪意的美學詮釋〉等篇都是在上述的思維觀照下完成的。阮籍生當魏、晉之際,本有志於踐履《詩》、《書》等經典所顯露的聖賢意義世界,亦即古者所謂立德、立功和立言這三不朽境界,但事與願違,遂使他做出「寧與燕雀翔,不隨黃鵠飛」的痛苦抉擇。入世不能,求諸出世,卻又不得其志,所以導致阮籍一生的酸辛悲懷。《詠懷》詩云:「終身履薄冰,誰知我心焦?」正是阮籍痛苦的剖白。由於《詠懷》詩組顯露了阮籍存在的悲感和對生命意義的追尋,所以〈從阮籍《詠懷》詩論文學與意義治療〉一文,旨在闡明阮籍早年的「志尚好《書》、《詩》」實可說是他憂悶酸辛的一生的隱喻。從意義治療學的觀點來看,阮籍的《詠懷》詩基本上具有自

療癒人的功能。其次,〈陶淵明《詠貧士》等詩的美學詮釋〉一
文,則是闡述從《詠貧士》詩組中可見陶淵明對孔子志道的人格美
思想的踐履。復次,〈從《形影神》論陶淵明融會儒道佛的美學境
界〉一文,旨在闡述陶淵明在實腹與向道的省思後,選擇了躬耕以
固守其自然之本性,乃至覺悟了生命的意義在於精神的自由,遂於
《形影神》三首中鋪陳他豁達順化的人生觀。就文學藝術而言,詩
歌所重在抒情,不在說理。因此,陶淵明之《形影神》三首即藉由
擬人之「形」、「影」、「神」三者各抒其情以表其意,亦即以抒情的
方式說理。顯然可見,陶淵明創作《形影神》這一組詩的目的並不
在於釐析分判儒、道、佛三家義理何者為優,而是想要表達他對生
命的整體觀照的人生觀,同時藉由「委運」的體悟心得以提供「好
事君子」一個思考生命的向度。換言之,陶淵明雖領受過儒、道、
佛三家思想之陶染,卻擁有其看待生命與處世原則之獨立思維。職
是,《形影神》三首當視為陶淵明融會儒、道、佛三家思想之人生
美學境界的呈現。至於〈王維詩中之禪意的美學詮釋〉一文,則是
強調意境作為詩歌藝術的典型,其所重在於作者主觀情意的呈現。
唐宋以降多數論詩者都認為習佛參禪的王維以禪入詩,因此,本文
乃從賞析禪人之禪詩的意境表現著手,繼而針對王維詩中具有禪意
的詩篇作一闡釋,藉此比較王維與禪人之禪詩意境的異同。賞析所
得,王維詩中禪意的呈顯方式有二:其一,即如禪人諸詩亦藉禪語
佛典以言其疑、參、迷、悟之修道禪境;其二,即藉天人合一之自
然境界以顯空寂之禪悅意趣。

　　大體來說,儒、道、佛三家思想皆以個人之主體為重而要求修
身養性。不過,雖然三家義理各顯其采而歷代興衰不同。儘管如
此,不可否認的,無論是古代士子,還是現代學人,只要深入研讀
過儒、道、佛三家之經典者,很難不為之吸引而心生仰止。今人釋

曉雲以禪畫名聞國際，而且學貫三家之說。當我們從釋曉雲與唐君毅於《原泉雜誌》（西元1955）上云：「斷煩惱而修悲智，莫尚乎佛；由仁義以行教化，莫尚乎儒。」這一創刊辭來看，便可知儒佛兩家思想對她人格修養的圓成所產生的重大影響。關於藝術，釋曉雲所關懷的是中國藝術如何繼往開來，而她認為「挾道以『游於藝』」正是用來解決這一問題意識的核心命題。故〈試論曉雲法師對孔子美學思想的繼承與發展〉一文，即側重闡述釋曉雲的藝術仁道觀乃從孔子所謂志道、據德、依仁、游藝的美學思想中轉化而出。置於書末的〈從釋曉雲《坐看雲起時》談禪詩與禪畫的美感〉一文，則欲透過釋曉雲《坐看雲起時》畫作與王維《終南別業》等詩的比較分析，來闡釋中國詩畫受佛禪思想影響下所呈現的美感意境。本文以為中國禪詩與禪畫之美感境界的呈現，即在一無我的自然境界中透顯出禪意。

　　人生其實就是自我追尋的生命歷程。在這歷程中，人所要追求的不過是「自安」二字。因此，當陶淵明捫心自問：「人生歸有道，衣食固其端。孰是都不營，而以求自安？」時，便能瞬間撞擊到我們的心坎裡。淵明這一問，無論是儒、道、佛三家教徒，還是一般的普羅大眾，都會停下腳步來問問自己。當人面臨存在的困境時，儒、道、佛三家適時地提供學子們安止精神生命的住所，至於他們將安止於何家，則因人而異。前述諸篇雖非一時之作，然皆興發於同一個問題意識，且對作者的生命歷程有一「前理解的視域（horizon）」考察後才完成的。職是之故，乃將此八篇拙作纂輯成書以付梓。不敢言就教於方家，唯將個人之學思管見獻曝於前而已。

吳幸姬誌於臺北望雲軒

2021年8月2日

目次

從「和」觀論《中庸》與《樂記》的關係

一　前言

　　嚴格來說，《樂記》諸篇雖各有主題，卻都因為樂「和」而發，其所重在以情論樂；至於《中庸》，雖未將「和」的概念用於樂，然其由「人情」之「中節」、「中和」，而達「天地萬物」之「中和」義，又莫不是「和」觀的展現，然則，以「和」作為兩書思想的基調，大體上應無問題。然而，透過這個論題，我們究竟企圖說明哪些問題？此外，將採取何種方法和角度來論述它呢？以下我將針對此類問題預作交代。

　　關於《中庸》與《樂記》，[1]勞思光以為，它們擁有同一思想模式，其思路混合了形上學觀念及宇宙論成分。[2]又胡志奎也說：「《樂記》云：『夫民有血氣心知之性，而無哀、樂、喜、怒之常』，是其與《中庸》之相互闡發處」[3]。由此可見，《中庸》與《樂記》確實存在著某種關係。但問題是，假使兩書真有所關聯，則其關係是什麼呢？又，同出自《禮記》而經漢儒整編而成，實可代表先秦

1　茲因《中庸》與《樂記》同為先秦時期作者與成書時代不明而曾有單行本之書，故以書名號《》標誌，而不囿於它們後來同屬《禮記》的篇章。
2　勞思光，《新編中國哲學史》（臺北：三民書局，1988年），頁77。
3　胡志奎，《學庸辨證》（臺北：聯經出版事業公司，1984年），頁14。

儒家思想的《中庸》與《樂記》，一自人性論論「和」，另一則遞從樂上談「和」，這兩種不同向度的詮釋方式究竟代表什麼意義呢？是作者有意識的創作，抑或其他的因素使然呢？諸如此類問題，勞、胡二人均未論及，但它卻是本文所關懷的重心。基於詮釋的需要，筆者擬採用羅孚若的觀念史研究法[4]作為本文的研究進路。

　　茲因本文擬從「和」的觀念史出發，來詮釋《中庸》與《樂記》的關係，是以，我們有必要對「和」的思想流變，預先作一歷史的考察，以備後文資藉之用。

二　孔子前「和」觀的歷史發展

　　根據文獻的記載，最早對「和」這個概念作出定義者，乃西周太史史伯。史伯云：「夫和實生物，同則不繼。以他平他謂之和，故能豐長而物歸之。」（《國語・鄭語》）依此，人易以為「和」是晚出的概念，其實不然。從字源上說，表示「和」的概念，最初有二字，即「龢」與「咊」。「和」字取代「龢」字而通行於世是後來的事。關於這點，郭沫若曾就甲骨文字考之。郭氏曰：

4　羅孚若（Arthur O. Lovejoy）所倡之「觀念史」（History of ideas）研究法，乃側重思想系統內部觀念與觀念間之結構關係，故多採用「內在研究法」以釐清「單位觀念」（unit-idea）或「觀念叢」（Ideas-complex）之演變。見黃俊傑，〈思想史方法論的兩個側面〉，《史學方法論叢》（黃俊傑編譯，臺北：臺灣學生書局，1984年），頁246。依羅孚若，思想史就是觀念與觀念發生關係的自主過程，而不牽涉到它與其他學科關係的問題。因此，本文特重思想史演變的內在邏輯，尤其是觀念發展的義理脈絡，而不強調觀念的外在脈絡（諸如塑造觀念的經濟社會或政治制度等因素）。

說文和龢異字，和在口部，曰：「相應也，從口禾聲。」龢
在龠部，曰：「調也，從龠禾聲。讀與和同。」是許以唱和
為和，以調和為龢。然古經傳中二者實通用無別，今則龢廢
而和行，疑龢和本古今字，許特強為之別耳。卜辭有龢字，
文曰：「貞甲龢眾唐」羅（振玉）釋龢謂從龠省是矣。按龠
字，……實乃從合象形。象形者，象編管之形也。……知龠
則知龢，龢之本義必當為樂器。由樂聲之諧和始能引出調
義，由樂聲之共鳴始能引申出相應義，亦猶樂字之本為琴，
乃引伸而為音樂之樂與和樂之樂也。引伸之義行而本義轉
廢。後人只知有音樂、和樂之樂，而不知有琴絃之象；亦僅
知有調和、應和之和，而不知龢之為何物矣。然龢固樂器名
也。《爾雅》云：「大笙謂之巢，小者謂之和。」此即龢之本
義矣。當以龢為正字，和乃後起者也。[5]

換言之，「和」原指遠古一種和聲的樂器，調和、應和是其引申
義。依上推論，「和」的觀念可遠溯至殷商，且從樂中顯。至於史
伯，則是有意識地賦予它內涵意義的第一人。然則，在史伯之前，
古先民是如何思考「和」的呢？

（一）伶州鳩論「德音不愆，以合神人」

關於古先民的「和」觀，我們可以從伶州鳩的一段話裡探悉。
其言曰：

---

5 郭沫若著作編輯出版委員會編，《郭沫若全集·考古編》，北京：科學出版社，
2002年。

　　夫政象樂，樂從和，和從平。聲以和樂，律以平聲。金石以
　　動之，絲竹以行之，詩以道之，歌以詠之，匏以宣之，瓦以
　　贊之，革木以節之。物得其常曰樂極，極之所集曰聲，聲應
　　相保曰和，細大不踰曰平。如是，而鑄之金，磨之石，繫之
　　絲木，越之匏竹，節之鼓而行之，以遂八風。於是乎氣無滯
　　陰，亦無散陽，陰陽序次，風雨時至，嘉生繁祉，人民龢
　　利，物備而樂成，上下不罷，故曰樂正。……夫有和平之
　　聲，則有蕃殖之財。於是乎道之以中德，詠之以中音，德音
　　不愆，以合神人，神是以寧，民是以聽。(《國語‧周語》)

顯而易見，上述的邏輯是聲和—陰陽（自然）和—神和—民和—政
和。然則，州鳩是站在什麼立場上立論的呢？李澤厚以為州鳩在這
裡所說的樂的作用，「是由於『樂』在遠古，作為樂、歌（詩）、舞
的統一體，在圖騰崇拜和對上天、祖先的祭祀中本來就被看作有通
於神明的巨大作用。到春秋以至戰國，人們仍然保持著對『樂』的
這種巨大作用的記憶和推崇。」[6]

　　進而言之，通過樂音可以把握某種意義的傳遞。關於這點，波
蘭音樂學家卓菲婭‧麗薩說：

　　人類的每一件創造物都標誌著人對現實的某種特定的關係，
　　在某種意義上都具有語義性，也就是都意味著什麼。從這個
　　意義上講，具有語義性的不僅是人類的語言，不僅是可以提

6　參見李澤厚、劉綱紀，《中國美學史》第一卷（上）（臺北：谷風出版社，1987
　　年），頁98。

供表象、觀念的藝術，而且也包括風俗習慣、儀式、裝飾等一切文化創造。同樣，我們也沒有權力拒絕說音樂也具有一種語義性，它也是處在同現實的某種關係中，在其中發揮著特定的作用，意味著什麼。音樂在自己的「語義場」中在概念和表象上是非單義的，不確定的；音樂的意義在變化著，這變化取決於欣賞者的解釋，取決於這欣賞者屬於什麼時代、什麼地理區域等等。但是，儘管如此，音樂畢竟總是意味著什麼，傳遞著某種意義。[7]

因此，我們可以說古先民正是從樂音中獲得「樂主和」這一概念，遂以之表述「天人合一」[8]之「和」的思想。州鳩身為周之樂師，想必比任何人更懂得古樂的演變及其內涵，所以雖然他身處春秋，對於春秋以前，古先民是如何思維樂的意義，亦能予以同情的理解，所以他說「樂極」在於「物得其常」，進而說推此「和平之聲」，可達「合神人」之境，即「神是以寧，民是以聽」之境。綜觀而言，州鳩正是在古先民的「和」觀上，揉合當時陰陽說及「尚中」[9]思想而作出論述的。他所謂「聲和─陰陽（自然）和─神

7　卓菲婭・麗薩著，於潤洋譯，《音樂美學新稿》（北京：人民音樂出版社，1992年），頁53。

8　張亨指出，從古代的神話和傳說，以及晚近的考古資料中，可以發現在「天人合一」這一詞語尚未出現之前，「天人合一」的觀念已經潛藏於原始的宗教行為裡，它的原初型態就是人神之間緊密的交通關係。詳見張亨，〈「天人合一」的原始及其轉化〉，《思文之際論集：儒道思想的現代詮釋》，臺北：允晨文化公司，1997年。

9　葛榮晉指出，「尚中」觀念，早在殷周時期已經出現，而多見於《詩》、《書》、《易》中，如其言：「中道」、「中正」、「中行」、「中節」、「中德」等。參見葛氏，《中國哲學範疇導論》（臺北：萬卷樓圖書公司，1993年），頁513-514。

和─民和─政和」這一邏輯的推演，正是他對傳統「和」觀的繼承
與發展。

（二）季札論周樂

　　周初，隨著人文精神的躍動，「和」的意涵亦產生了變化，即
它由宗教上的意義轉為政治倫理性的概念。然則，它何以會有如此
的變化呢？誠如前述，樂主和這一概念是古先民既有的思維，所以
他們總是借樂論和。是以「和」的意義便常因著樂的意義轉變而起
變化。如眾所知，禮樂並舉始於周公的宗法封建制度，然而，周公
之制禮作樂，主要是基於政治因素，而非文化、藝術上的考量。周
公以親親、尊尊為分封的原則，即欲借宗法制度使王室繼承轉成倫
理制，再借由封建制度將宗法擴展開來。亦即周民族對宗法的要求
勝於一切，而欲使世間所有的一切都納入倫理性的架構中，以符合
倫理性的要求。因是之故，禮樂即由遠古的禮俗變成禮制。在周公
有意識的創作中，禮樂的意義同時含藏著政治與倫理的意義，是以
樂之「和」即由宗教上的意義轉為政治倫理性的概念。

　　關於上述說法，我們可以從季札至魯觀周樂的記載中得到佐
證。季札觀樂，是現存史料中對於周樂最詳細的評論。其中最值得
注意的是他對《頌》樂的評論。季札說：

　　　曰：至矣哉！直而不倨，曲而不屈，邇而不偪，遠而不攜，
　　　遷而不淫，復而不厭，哀而不愁，樂而不荒，用而不匱，廣
　　　而不宣，施而不費，取而不貪，處而不底，行而不流。五聲
　　　和，八風平，節有度，守有序，盛德之所同也。（《左傳》襄
　　　公二十九年）

顯然，上述對和樂的批評，主要在美盛德。由此可見，「審樂以知政」這一時代的意識對季札的影響。

（三）史伯論「和實生物，同則不繼」

如前所述，在周人有意識的創作中，「和」具有了政治倫理性的意涵，而成為一時代人的共同意識，其中值得注意的是，西周末年史伯對「和」的定義。史伯說：

> 夫和實生物，同則不繼。以他平他謂之和，故能豐長而物歸之。若以同裨同，盡乃棄矣。故先王以土與金、木、水、火雜以成百物。……和樂如一。夫如是，和之至也。於是乎，先王聘后於異姓，求財於有方，擇臣取諫工，而講以多物，務和同也。聲一無聽，物一無文，味一無果，物一不講，王將棄是類也，而與剸同。天奪之明，欲無弊得乎？（《國語・鄭語》）

史伯在這裡將自然與人事聯繫起來考察，顯然可見那是他有意的論述：藉由當時盛行的五行思想[10]，將傳統以來的「和」的思想，作一次嚴整的界分，以正視聽。而其主旨仍在於君臣以和，即「務和同」的課題上。不過，就在史伯的詮釋裡，「和」增添了哲學上宇宙生成的新意，於是「和實生物，同則不繼。」不但是自然的法則，同時也是人事的法則。

---

10 原始的陰陽說和五行說，大約誕生於殷周之際，而在西周時期有所發展。參馮契，《中國古代哲學的邏輯發展》上冊，上海：上海人民出版社，1993年。

（四）子產論「哀樂不失，乃能協於天地之性」

在史伯之後，「和」作為人事與自然的法則的思想，於子產的禮論中又得到進一步的發展。子產說：

> 夫禮，天之經也，地之義也，民之行也。天地之經，而民實則之。則天之明，因地之性，生其六氣，用其五行，氣為五味，發為五色，章為五聲。淫則昏亂，民失其性。是故為禮以奉之，……民有好、惡、喜、怒、哀、樂，生於六氣。是故審則宜類，以制六志。哀有哭泣，樂有歌舞，喜有施舍，怒有戰鬥；喜生於好，怒生於惡。是故審行信令，禍福賞罰，以制死生。生，好物也；死，惡物也。好物，樂也；惡物，哀也。哀樂不失，乃能協於天地之性。（《左傳》昭公二十五年）

在上述這段話裡，子產將禮看作自然規律的體現，認為人世間之聲、色、政、刑、人倫關係等一切現存的關係、秩序，及其相關的規定——禮，都是為了效法自然。值得注意的是，子產在此禮論中，將人類的各種情感（六情）分別與自然的六氣聯繫一起，使六情成為六氣的特徵表現，認為「哀有哭泣，樂有歌舞」合於人之禮，即合於天之理。因此，傳統「禮主序，樂主和」的觀念，在子產「哀樂不失，乃能協於天地之性」的論證中聯繫起來，開啟了儒家中和思想的先河。

三　《中庸》、《樂記》前儒家「和」觀的發展

（一）孔子論「成於樂」

　　如前所述，春秋前之和觀，乃是從「以合神人」的宗教性意涵往「審樂以知政」的政治倫理性裡跨越。孔子出，「和」這個概念在意義上有了新的翻轉，即「和」從政治倫理性的概念一翻而轉成為道德人格極成之境的新意涵，而有別於前人所述的種種含義。然則，孔子何以會賦予「和」這一新的意義呢？

　　眾所皆知，孔子學問乃是針對「禮壞樂崩」這一時代課題而發，因此，孔子論「和」亦在言禮論樂中進行。換言之，孔子的和觀要在其禮樂思想中索解。誠如前述，由樂論和，是古先民的傳統。然而，孔子論樂，由禮出發，則是對周文的繼承。在孔子的理解中，樂並非只具有宗教政治倫理性的意義，它尚且具有個人生命上道德人格修養的新意涵。當孔子面對禮樂將崩之勢，他所反省的是：「人而不仁，如禮何？人而不仁，如樂何？」（《論語・八佾》）又，「禮云禮云，玉帛云乎哉？樂云樂云，鐘鼓云乎哉？」（《論語・陽貨》）這一連串的追問，迫使孔子從生命的底層進行思索。於是他從宰我不為父母守喪三年而欲提前除去喪服以免政事無人看管導致禮壞樂崩之行為中，覺悟了仁心的發顯才是解決周禮崩解的根本之道。因此，孔子在「人而不仁，如樂何？」的提問中將樂上提到超越的道德層面，使它從政治倫理性中獨立出來，而與禮取得一個對等互動的關係。

　　依孔子，禮樂不但可以各自獨立，而且可以相輔相成。這由《論語・泰伯》所載孔子之言可知。子曰：

興於詩，立於禮，成於樂。

由此可見，一個人的人格修養要達到極成之圓滿境界，就必須接受詩教、禮教和樂教，且三者不能相互替代，缺一不可。就其修養的程序來說，始興於詩，復導之以禮，最後完成於樂，這一次序亦不可任意更改。顯然，孔子不但將詩樂從政治倫理性中獨立出來，而且將詩樂一分為二，使其各自擁有文學藝術上的獨立意涵，又同時具有道德意義。尤有進者，更以樂為道德人格修養的極成之境，因此，樂之「和」即由倫理性的概念一翻而轉成為道德人格極成之境的新概念，亦即「即善即美」之境。

由於「和」具有了道德的意涵，所以孔子以「和」與「同」這兩個觀念作為君子與小人的分判而謂「君子和而不同，小人同而不和。」（《論語・子路》）這可說是史伯「務和同」思想的進一步闡發與轉化。此外，《論語・學而》有關有子對「和」的看法，我們一般亦視之為孔子的思想。有子曰：

禮之用，和為貴；先王之道，斯為美，小大由之。有所不行，知和而和，不以禮節之，亦不可行也。

如前所述，禮主序，樂主和，乃是中國古先民特有的思維。今《論語》以「和」為禮之用極，其所透顯的含意是：序與和這兩個概念雖分屬於禮與樂，但是它們亦同時存在於樂中禮裡。序與和，即節與和，其中自有其辯證的關係存在；即由「節」可推至「和」，復由「和」中可見出「節」；亦即它們是一體的兩面。準此，觀禮樂之關係亦然。此所以孔子以下之儒家向來以禮樂合論為其傳統之

因。尤有進者，經由禮樂之辯證關係所推至之「即善即美」之「和」義，更是其禮樂思想之極至。此處所言「禮之用，和為貴」當即是就此「即善即美」之「和」而言，而先王之道亦成就於此一美感世界中。故其言曰：「小大由之」。此義當是由孔子之禮樂思想所逼顯而至，因此，有子此章可說是對孔子所謂「中庸之為德也，其至矣乎？」（《論語・雍也》）的發揮。

（二）帛書〈五行篇〉論「德之行，五和謂之德；四行和，謂之善」

孔子後，孟子繼而以「金聲玉振」之樂之「和」，來描繪聖人的生命境界。不過，孟子在「和」的思想上，並未有更進一步的推衍，倒是其後學所撰之〈五行篇〉[11]，對這一觀念有所闡發。然則，〈五行篇〉是如何論「和」的呢？〈五行篇〉談和，主要見於它的天道論中。〈五行篇〉談天與人的關係主要有兩條思路，一是從「四行和」的人道之「善」，往上講到「五行和」的天道之「德」；另一則是從「天命」之善往下講到人性之善。[12]「和」的觀念就融入第一條思路之中。它的主要討論在帛書圖版170-173：

> 170　〔•仁〕刑（形）〔於內〕胃（謂）之德之行不刑（形）於內胃（謂）之行

---

11 經今人考察，帛書〈五行篇〉確定是孟子後學所作，其思想承自孟子而有所發展。詳見汪義麗，《帛書五行篇思想研究》，臺北：文化大學中國文學研究所博士論文，1995年6月。

12 同注11，頁104-111。

171 知（智）刑（形）於內胃（謂）之德之行不刑（形）
於內胃（謂）〔之行義形〕於內胃（謂）之德之行〔不
形於內謂之〕

172 行禮刑（形）於內胃（謂）之德之行不刑（形）於內
胃（謂）之行聖刑（形）於內〔謂之德〕之行〔不形
於內謂〕

173 之行德之行五和胃（謂）之德四行和胃（謂）之善善
人道也德天道也君子毋（无）中〔心之〕[13]

顯然，結合了「德」與「善」這兩個觀念的「和」的思想，正是依
循孔孟之路，從道德人格修養之境來加以論述的。這從〈五行篇〉
承孟子之言而說：「金聲而玉振之，有德者也。金聲，善也；王
言，聖也。善，人道也；德，天道也。唯有德者然（後）能金聲而
玉振之。」（帛書187-188）[14]可以得到佐證。〈五行篇〉從這一思路
出發，進而對春秋時期的「和同之辯」做出新的詮釋，其言曰：

201 …見而知之知（智）也知而之仁〔也安而行〕

---

13 以上之帛書釋文轉引自龐樸，《帛書五行篇研究》（濟南：齊魯書社，1988年），
頁25。茲因原始材料難以取得，而龐書之釋文乃是根據1980年國家文物局古文
獻研究室的《馬王堆漢墓帛書》版校注的，故採用之。龐注云：「•原『凡例』
略云，異體字假借字加（）標誌，錯字用〈〉表示，廢字用〇代替，缺字用□代
替，補文以〔〕標出。又，釋文原印刷中之錯誤，已逕代改正。」

14 同注13，頁27。

202　之義也行而敬之禮仁義禮知（智）之所繇（由）生也
　　　四行之所和〔和〕則同同則善〔不簡〕[15]

292　繇（由）生也言禮〔智〕生於仁義〔也〕四行之所和
　　　言和仁義也和則同和者有猶〔五〕

293　聲之和也同者□約也與心若一也言舍夫四也而四者同
　　　於善心也同善

294　之至也同則善矣[16]

326　…和則同和也者小軆（體）變（便）變（便）然不串
　　　（患）於心也和於仁義仁義心

327　同者與心若一也□約也同於仁仁義心也同則善耳[17]

上引文字都是〈五行篇〉中有關「善」字的討論。在帛書201-202
中，它以仁義禮智四行的「和」與「同」來詮釋「善」。所謂
「和」與「同」，在帛書292-294和326-327中有進一步的說明，前
者以五聲之和來形容四行之和，這代表大體與小體（亦即是本心與
耳目之官）之間的關係到達一種圓融和諧的境地。因此底下談
「同」時，它以「與心若一也」來解釋，這是指仁義禮智四行同於

---

15 帛書201-202釋文見注13，頁28。
16 帛書291-294釋文見注13，頁35。
17 帛書326-327釋文見注13，頁38。

本心，此即是「善」。顯然，在〈五行篇〉的理解裡，「和」與「同」這兩個觀念已脫離史伯言「務和同」時的政治性意涵，而具有人格上道德修為之極境的意涵。這樣直接關涉仁義禮智聖五行的實踐來談「和」，是〈五行篇〉有進於孔孟自樂言和之處。

（三）荀子論「義以分則和，和則一」

孔門論和，除了著重道德人格的形塑之外，還有荀子一路，側重政治社會的和諧。眾所皆知，隆禮是荀子的基本關切點，故其論和，亦自禮出發。荀子認為，天地萬物生生不息，井然有序，體現了「禮」的和諧。所以他提出「萬物各得其和以生」（《荀子‧天論》）的看法，並且進一步說：「天地以合，日月以明，四時以序，星辰以行，江河以流，萬物以昌，好惡以節，喜怒以當，以為下則順，以為上則明，萬物變而不亂，貳之則喪也。禮豈不至矣哉！」（《荀子‧禮論》）顯然，荀子認為人世間與天地間的秩序都是禮義所致，而這裡所說的禮的作用，可說是承自子產所說「夫禮，天之經也，地之義也，民之行也」的觀點。

在荀子看來，禮之所以具有如上的作用，關鍵在於「分」，使物皆得其宜，持其中行，互不錯位，「故義以分則和，和則一。」（《荀子‧王制》）換言之，禮義之分是「和」的前提。在此一思維下，荀子對傳統禮樂問題做出如下的詮釋：「樂者，天下之大齊也，中和之紀也，人情之所必不免也。是先王立樂之術也。」（《荀子‧樂論》）「樂也者，和之不可變者也；禮也者，理之不可易者也。樂合同，禮別異，禮樂之統，管乎人心矣。」[18]（《荀子‧樂

---

18 在《荀子‧樂論》中有部分論述與《樂記》的一些篇章文字雷同，因而引起抄襲之說。它在《樂記》作者與成書時代問題的論辯中每每被述及，但迄今未有

論》）荀子由禮講樂而論和，正是孔門的傳統。

四　《中庸》、《樂記》對儒家「和」觀的推衍

綜上而言，孔門論「和」，有兩條發展路線：一是直承孔子「成於樂」的思想，發展為純就道德修養上論「和」，如帛書〈五行篇〉者；另一則是遵循孔子禮樂合論的模式，依禮而論「和」，如荀子者。然則，作為儒家典籍的《中庸》與《樂記》，又是如何論「和」的呢？

（一）《中庸》論「致中和，天地位焉，萬物育焉」

關於《中庸》，勞思光云：

> 《中庸》思想，就內容而言，乃漢儒型之理論——即以「天」與「人」為基本觀念，又以「天」為價值根源之混合學說。其中混有形上學，宇宙論及心性問題種種成分。其時代當晚於孟荀，其方向則是欲通過「天人之說」以重新解釋「心性」及「價值」，實與孔孟之學有異。但其作者之態度，則並非欲離孔孟而另樹一幟，故處處仍以上承孔子之姿態說話。然其說既不能建立「主體性」，則不能視為孟子一支之學說。且以「人」配「天」，將價值根源悉歸於「天」，亦大悖孔子立說之本旨。故《中庸》之說，可視作漢儒型理

定論。本文以為，不論誰抄誰，都各自有其中心思想。換言之，即使兩者文字雷同，也不證其義理思想必然相同。故綜觀兩者思想後，仍將荀子的「和」觀置於《樂記》之前。

論中最成熟、最完整者，但就儒學心性論而言，則《中庸》
是一旁支，不能作為主流之一部。[19]

在勞氏看來，《中庸》思想與其他《禮記》各篇思想類似，皆
不直承孔子之說。這是因為孔孟道德哲學所重在主體，人的問題是
其核心問題；至於「天」，孔子曰「知天命」、「畏天命」，孟子云：
「盡心知性則知天」，是則孔孟之於「天」皆置而不論可見。但問
題是，日後宋儒視《中庸》為孔門傳授心法之典籍。職是，我們又
當如何詮釋宋儒的理解呢？關於這個問題，本文以為或可從《中
庸》論「和」中見出端倪。

《中庸》首章曰：

> 喜怒哀樂之未發，謂之中。發而皆中節，謂之和。中也者，
> 天下之大本也。和也者，天下之達道也。致中和，天地位
> 焉，萬物育焉。

誠如勞氏所言，《中庸》思想乃是以「天」與「人」為基本觀念，
又以「天」為價值根源之混合學說。因此，《中庸》由「人情」之
「中節」、「中和」，更推而求「天地」、「萬物」之「中和」，以臻至
「天人合一」之境。值得注意的是，《中庸》從「喜怒哀樂」之「未
發」與「已發」來聯繫「中」與「和」這一組觀念。眾所皆知，喜
怒哀樂諸種情緒之自由發抒，概指人欲而言。《中庸》於此卻強調
其「發而皆中節」，顯然即就人之自作主宰以從事道德修養而說。

---

19 同注2，頁61。

作者配「中」而言「和」，實乃有取於孔子的禮樂思想——由「禮之節」可推至「樂之和」，復由「樂之和」中可見出「禮之節」。其所不同的是，《中庸》直接從人性論上論「中」與「和」的關係，並通過「天命之謂性」的論述，使其具有形上學的意涵。因此，《中庸》所謂的「天人合一」，乃是一價值義、道德義上的合一。

　　《中庸》這種「天人合一」的和觀，前此，已見於〈五行篇〉中，即從道德修養的實踐中，臻至天人合一之境。《中庸》上述這段文字，恰好透顯出它對〈五行篇〉思路的繼承與發展。而這一發展又可上溯至孔子，此所以徐復觀說：「中和的觀念，可以說是『率性之謂道』的闡述，亦即是『中庸』向內通、向上提，因而得以內通於性、上通於命的橋樑。所以『中和』是從『中庸』提煉上去的觀念。」[20] 換言之，《中庸》之中和思想是對孔子「中庸」哲學的一種繼承與發展。

（二）《樂記》論「大樂與天地同和，大禮與天地同節」

　　理論上說，《樂記》作為儒家禮樂思想的經典，它與孔孟禮樂思想自有其內在的聯繫，此所以《樂記》言「和」亦是禮樂合論。在《樂記》看來，「樂也者，情之不可變者也；禮也者，理之不可易者也。樂統同，禮辨異，禮樂之說，管乎人情矣。」（〈樂情〉）不過，在這裡的情與理，雖分屬於樂之和與禮之序，但在《樂記》的理解裡，情與理，不是二分的兩個概念，因為《樂記》明確指出「禮樂之情同」（〈樂論〉），這也就是說禮樂同以真情為其最高的法則，並以之處人情。故其言曰：「禮者，殊事合敬者也；樂者，異

---

20 徐復觀，《中國人性論史-先秦篇》（臺北：臺灣商務印書館，1988年），頁127。

文合愛者也。」(〈樂論〉)換言之,上述那段話是分疏地說,其實在《樂記》的理解裡,情理是一,序即是和。因是之故,《樂記》諸篇所重在以情論樂。

準上,《樂記》論「和」,即從人情出發。《樂記》以為,「夫民有血氣心知之性,而無哀樂喜怒之常,應感起物而動,然後心術形焉。」(〈樂言〉)所以特別強調「致樂以治心」。它說:

> 君子曰:禮樂不可斯須去身。致樂以治心,則易、直、子、諒之心油然生矣。易、直、子、諒之心生則樂,樂則安,安則久,久則天,天則神。天則不言而信,神則不怒而威,致樂以治心者也。致禮以治躬,則莊敬,莊敬則嚴威。(〈樂化〉)

誠如真德秀所言,「禮以順之於外,樂以和之於內」[21],禮樂各司其職,而又相互為用。禮樂初以其節來約制人情,藉以引發易、直、子、諒之心生,後復返歸於和,欲使人情向內收斂,而致易、直、子、諒之心油然生焉。易、直、子、諒之心,即真情也。真情的自然流露,惟有從禮之分進到樂之和,始能獲得,此所以《樂記》進而強調「君子反情以和其志」(〈樂象〉),這即是說,樂之和乃是人格修養的極至。《樂記》所謂「致樂以治心,則易、直、子、諒之心油然生矣。」樂之所以有此功能,即如鄭玄所言「樂由中出」之故也。真德秀在此指出「聖門之教,立之以禮,而成之以樂」[22]。可見《樂記》言樂之和實承孔子所謂「成於樂」而來。

---

21 見孫希旦,《禮記集解》(臺北:文史哲出版社,1990年),頁1030。

22 同注21。

　　基於儒家內聖外王的教義,《樂記》在「君子反情以和其志」之後,繼而強調「廣樂以成其教」(〈樂象〉)。因此,依《樂記》,樂以「和」為能,則其為功,不止於個人,而必遍及社會,感召萬民。故其言曰:

> 樂在宗廟之中,君臣上下同聽之,則莫不和敬,在族長鄉里之中,長幼同聽之,則莫不和順;在閨門之內,父子兄弟同聽之,則莫不和親。故樂者,審一以定和,比物以飾節,節奏合以成文,所以合和父子君臣,附親萬民也。是先王立樂之方也。(〈樂化〉)

　　在《樂記》看來,音樂可以影響人情的發展,因此,這裡所謂「和敬」、「和順」及「和親」,即是指音樂對人情所產生的影響。如依上述,則「敬」、「順」及「親」在此已從禮的意義跨越到樂和,亦即由於樂和將禮之禮相抹去,三者在此僅具有合和之意,因此,「和敬」、「和順」及「和親」之「和」,不可等同視之。前此,我們曾指出,「禮之用,和為貴」乃是孔門傳統。如今,「和敬」、「和順」及「和親」之從禮的意義跨越到樂和的意義,正是此一傳統所意許的。

　　由上可知,《樂記》所謂「君子反情以和其志,廣樂以成其教」約略可以描繪出通篇《樂記》所關懷的重心。在這兩句話中,上句關乎個體自身的內省工夫,下句則延續著儒家化成世界的理想。這一內一外的要求,即構成了我們上述的理解,而一「即善即美」之「和」境即在此中透顯。

　　進一步說,《樂記》以情論「和」,不但使孔子「成於樂」的思想發展為一套完整的理論架構,直接以「和」稱樂,而且將樂之

「和」向上提升到形而上學的層次，如其言曰：

> 窮本知變，樂之情也；著誠去偽，禮之經也。禮樂偵天地之
> 情，達神明之德，降興上下之神，而凝是精粗之體，領父子
> 君臣之節，是故大人舉禮樂，則天地將為昭焉。(〈樂情〉)

從「禮樂之說，管乎人情矣。」中凸顯出「禮樂偵天地之情」，而
形構出涉及了形而上學的論述。比如《樂記》曰：

> 故樂者，天地之命，中和之紀，人情之所不能免也。(〈樂
> 化〉)
> 大樂與天地同和，大禮與天地同節。和，故百物不失；節，
> 故祀天祭地，明則有禮樂，幽則有鬼神。如此，則四海之
> 內，合敬同愛矣。……樂者，天地之和也；禮者，天地之序
> 也。和，故百物皆化；序，故群物皆別。樂由天作，禮以地
> 制。過制則亂，過作則暴。明於天地，然後能興禮樂也。
> (〈樂論〉)
> 及夫禮樂之極乎天而蟠乎地，行乎陰陽而通乎鬼神，窮高極
> 遠而測深厚。樂著大始，而禮居成物。著不息者，天也。著
> 不動者，地也。一動一靜者，天地之間也。故聖人曰「禮樂
> 云」。(〈樂禮〉)

以上所列篇章之關鍵問題，在於「大樂與天地同和」之「與天地
同」這概念本身。從論禮樂的道理和作用與天地相通相合，而彰顯
出禮樂與天地一體，很顯然地，這概念已經涉及到形上學的課題，

這是孔孟思想中所不曾言及的。如眾所知，孔孟道德哲學所重在主
體，人的問題是其核心問題；至於「天」，孔子曰「知天命」、「畏
天命」，孟子云：「盡心知性則知天」，由此可見，孔孟之於天皆置
而不論。然則，何以《樂記》有此言論產生呢？

　　如眾所知，春秋戰國時期是我國各民族間固有文化的進一步融
合，從而形成了中國獨特文化類型的時期。它「是以南方楚地發展
起來的陰陽學說，東方或北方殷人的『五行』思想，以及周文化中
的『中行』思想及倫理道德觀念的融合，這些思想的產生同各自的
原始宗教直接聯繫著。在戰國後期，逐漸融而為一。」[23]我們從前
述先秦和觀的演變歷程來看，的確如此。準此而言，《樂記》本非
一時一人之作，而又成書於漢初，因此可能受到先秦以來「和」觀
的影響，而具有形上宇宙論的色彩。反觀《中庸》，亦然。這從
《樂記》云：「人生而靜，天之性也；感於物而動，性之欲也。」
「夫民有血氣心知之性，而無哀、樂、喜、怒之常」，而《中庸》
則曰：「喜怒哀樂之未發，謂之中。發而皆中節，謂之和。」最後
兩書都推至天人合一之「和」境來看，顯然受到子產「哀樂不失，
乃能協於天地之性。」之思想的影響。因是之故，《樂記》所言，
雖與《中庸》所論之「和」的內容意義不同，然其由超越的思想層
面論「和」，使「和」具有形上意義，則與《中庸》無異。

五　結論

　　綜括而言，「和」的觀念源遠流長，至少可溯源至殷商時候。
由前文可知，先秦時期「和」的意義演變歷程是：首先，從單純的

---

23 敏澤，《中國美學思想史》第一卷（濟南：齊魯書社，1987年），頁87。

樂器意涵，引申而為調和、應和之義；其次，衍生為具有政治倫理
性意涵；復次，又衍生為哲學上宇宙生成的意涵；最後，轉化為道
德人格修養極成之境。

如前所述，「和」的涵義及其運用，是多方面且多層次的。《中
庸》和《樂記》作為儒家的經典，自然對傳統觀念有所繼承與發
揮。在諸子百家競鳴的春秋戰國時代，身為儒者必然也投身在各種
論述當中，這是無庸置疑的。當時的論題，除了陰陽五行說之外，
與道德倫理相關的人性論問題，亦興盛一時，而如美學思想也在
此時產生並獲得發展。準此而言，《中庸》與《樂記》之所以由不
同角度論和，一自人性論論「和」，另一則逕從樂上談「和」，實
在與作者各人的偏好，即對某一命題的心靈感受息息相關，當然也
與時代的思潮有關。因是之故，這兩書的成書時代雖相當，對於
「和」的命題，卻有不同的詮釋進路。不過，進路雖不同，卻同為
孔子「成於樂」思想之嫡系，而這兩書對「和」的詮釋進路的不
同，正反映了先秦儒家之「和」觀的兩種發展路向。一是直承孔子
「成於樂」的思想，發展為純就道德修養上論「和」，如帛書〈五
行篇〉者；另一則是遵循孔子禮樂合論的模式，依禮而論「和」，
如荀子者。

誠然，《樂記》作者雖與荀子同樣採取孔子禮樂合論的模式論
「和」，但兩者的關懷重心與旨趣實在有別。就儒家而言，談論禮
樂思想者，總不離其內聖外王之旨。因此，《樂記》作者的論述即
由君子個人的修身，進而推至先王的樂教，而荀子論禮樂的起源時
也從人的情性上說，尤其著眼於教育方面，故依其「化性起偽」、
「以禮治性」之說，推論樂教「足以率一道，足以治萬變」。從
《荀子・樂論》「治」「亂」相對而論，到最後說「故樂也者，治人

之盛者也」來看，荀子以樂導情的思考模式，與其禮義之統的思維是一致的，全在豁顯一「治」字。相反地，《樂記・樂象》卻「和樂」、「淫樂」相對而論「萬物之理以類相動也」，最後還推論「是故君子反情以和其志，廣樂以成其教。樂行而民鄉方，可以觀德矣」。由此可見，《樂記》所重，在於藉「樂和」調整人之「情」，使君子得以和志而成就樂教，與《荀子・樂論》所宗有所不同。換言之，《樂記》的基本關懷顯然與荀子不同。荀子的基本關懷在「禮」，因禮講樂，「禮義之統」是其禮樂思想的最高綱領，所以，《荀子・樂論》直接就說出「禮樂之統，管乎人心矣」。反觀《樂記》，在「窮本知變，樂之情也；著誠去偽，禮之經也。」句後卻緊接著說「禮樂偵天地之情，達神明之德，降興上下之神，而凝是精粗之體，領父子君臣之節，是故大人舉禮樂，則天地將為昭焉。」（〈樂情〉）這段文字，在在顯見其所重者在「情」。以情論樂是《樂記》的主題，而其思想的核心在「和」。

　　附記：原載於《華梵人文學報》，第九期；略作修改。

從《文心雕龍》論劉勰對儒道兩家思想的轉化與融合

一 前言

　　《文心雕龍》作為中國詩文評類的第一本專書，它在文學的發展和批評史上的重要性自是不言而喻。《四庫全書總目‧詩文評類》敘曰：

> 文章莫盛於兩漢，渾渾灝灝，文成法立，無格律之可拘。建安黃初，體裁漸備，故論文之說出焉，《典論》其首也。其勒為一書傳於今者，則斷自劉勰、鍾嶸。勰究文體之源流而評其工拙，嶸第作者之甲乙而溯厥師承，為例各殊。至皎然《詩式》，備陳法律；孟棨《本事詩》，旁採故實；劉攽《中山詩話》、歐陽修《六一詩話》，又體兼說部。後所論著，不出此五例中矣。[1]

這段敘文明白指出《文心雕龍》一書的特點在於「究文體之源流而評其工拙」，以及它在文學批評史上的地位。至於此書的內容，則大致依劉勰〈時序〉篇所言，《四庫提要》曰：「〈原道〉以下二十

1　《四庫全書總目》6（臺北：藝文印書館，1989年），頁4077。

五篇論文章體製，〈神思〉以下二十四篇論文章工拙，合〈序志〉
一篇為五十篇。據〈序志〉篇，稱上篇以下，下篇以上，本止二
卷。然《隋志》已作十卷，蓋後人所分。又據〈時序〉篇中所言，
此書實成於齊代」²。顯然，自古以來，眾所矚目的是《文心雕
龍》在中國文論上的貢獻。因此，早先當代學者大部分都是針對此
書所呈現的文學理論和批評等相關議題來進行研究。然而，因為此
書內容豐富，思想駁雜，在在顯露出作者博採兼收之功，所以後來
亦有學人提筆探究劉勰之文學思想的淵源。³

　　劉勰約生於南朝宋明帝泰始元年，而卒於梁武帝普通三年（西
元465-522），其主要的人生經歷正當齊、梁兩代。眾所周知，魏晉
六朝正是中國學術文藝蓬勃發展的年代。就其學術思想而言，雖然

2　同注1。

3　在眾多龍學的研究論著中，值得注意的是徐復觀對劉勰文體論的見解，他說：
　　「文體論在中國的發展，實比歐洲佔先一步。這是因為儒道兩家的思想，皆落
　　實於人的心上。道德是由心而發，文學藝術也是由心而發。《尚書·堯典》已謂
　　『詩言志』。揚雄《法言·問神篇》更明謂『故言，心聲也；書，心畫也。』把
　　文學直接淵源於人之心，而又很早通過詩的比興以使心融和於自然；於是中國
　　的文學，很早便認為是心物交融的結晶；而文體正成立於心物交融的文學之
　　上。但隨著唐代的古文運動，而文體的觀念，即開始模糊。這是因為作為古文
　　運動的中心思想，係繼承經誥的道德性的實用思想；實用性的要求，超過了藝
　　術性的要求；以《文心雕龍》的立場來看，是體要之體的意識，壓倒了體貌之
　　體的意識；於是在文體的構成中，只重氣格，而不重色澤；有似繪畫中只重線
　　條、白描，而不重渲染；恰是〈風骨篇〉所說的『風骨之采』。於是在文體一詞
　　中，多只保持了『體裁』與『體要』這一方面的意義；體貌的觀念，在古文系
　　統中反漸漸隱沒了。」（氏著，《中國文學論集》〔臺北：臺灣學生書局，1980
　　年〕，頁74）在徐復觀看來，劉勰所謂的文體，即姚姬傳所謂之形貌；但因時代
　　所限，劉勰所把握到的文章的體貌，主要是在聲色方面，而姚氏在他之上更提
　　出神、理、氣、味等四個要素，可謂達到了「無體之體」的文學的極詣。換言
　　之，徐復觀認為劉勰的文體論具有承先啟後的地位與價值。

學人人殊，或有偏重，卻亦見其兼容並蓄之態勢。周振甫說：

> 東漢王朝提倡今文經學，宣揚讖緯迷信。到東漢後期的馬融
> 提倡古文經學，不宣揚讖緯迷信，兼注《老子》。馬融是大
> 儒，這說明儒家學風開始在變。到曹操提倡刑名，儒家禮教
> 更受衝擊。王弼、何晏用老莊思想來講《易經》，《易》與
> 《老子》、《莊子》稱為三玄，玄學盛極一時。宋文帝時，設
> 立儒學、玄學、史學、文學四館，說明玄學雖然盛行，但朝
> 廷還得依靠儒學的禮制來治國。[4]

自漢武帝獨尊儒術以來，儒家思想可謂一枝獨秀。漢魏之際清談旋
起，老莊思想再度受到士子的青睞，得以與五經之一的《易經》相
提並論而形成一股風潮。儒道兩家思想這一交會，可以說是造成了
漢魏晉六朝以來士子之人格修養與生命價值之信仰的轉向或融合。
因此，周振甫說：「劉勰的《文心雕龍》提出〈徵聖〉、〈宗經〉，正
是這種推重儒學思想的表現，他的推倡『自然之道』（〈原道〉），又
是受玄學的影響。」[5]
　　有關劉勰文論之思想淵源的問題大體如周振甫所說，主要受到
儒、道兩家的影響，而若根據劉勰在〈序志〉篇裡所說，則《文心
雕龍》一書以儒家思想為首出更是不爭的事實[6]。其文曰：

4　周振甫注，《文心雕龍注釋》（臺北：里仁書局，1984年），頁18-19。

5　同注4。

6　由於《梁書·文學傳》曰：「勰早孤，篤志好學，家貧不婚娶，依沙門僧祐，與
　　之居處，積十餘年，遂博通經論，因區別部類，錄而序之。今定林寺經藏，勰
　　所定也。」學界遂有《文心雕龍》與佛教關係之論著產生。諸如劉勰的指導思
　　想是以佛統儒，佛儒合一等論辯，方元珍考辨曰：「《文心》書成，即於第一次

> 予生七齡，乃夢彩雲若錦，則攀而採之。齒在踰立，則嘗夜
> 夢執丹漆之禮器，隨仲尼而南行。旦而寤，迺怡然而喜，大
> 哉聖人之難見也，乃小子之垂夢歟！自生人以來，未有如夫
> 子者也。[7]

孔子以他的禮論仁說聞名後世，劉勰所謂「夜夢執丹漆之禮器，隨
仲尼而南行」，即如孔子「夢見周公」般隱喻其將效法孔子「樹德
建言」以名列君子之林。唯其如此，劉勰在〈序志〉篇裡刻意著墨
夢境一事，才見其意義之所在。孔子之仁說意在救周文之疲弊，而
劉勰之《文心雕龍》亦旨在拯救文尚華麗之時風。孔、劉二人雖然
所重不同，論其用心則一也。士以尚志為首要，此所以孔子在《論
語》中要弟子顏淵、子路、曾點等人各言其志。孔子後，孟子亦言
士子閒居當以「尚志」為事，而朱子為之注云：「尚，高尚也。志
者，心之所之也。士既未得行公、卿、大夫之道，又不當為農、
工、商、賈之業，則高尚其志而已。」[8]故劉勰於〈序志〉篇裡強
調說：「蓋《周書》論辭，貴乎體要，尼父陳訓，惡乎異端；辭訓
之異，宜體於要。於是搦筆和墨，乃始論文。」

校經之後，時當彥和早年，佛教思想浸潤未深，是以搦筆論文，仍以儒家思想
為主導。舍人自造之佛學著作，如《滅惑論》等；佐僧祐編校之釋典，如《出
三藏記集》等，皆成於彥和晚歲，不宜持以闡釋《文心》之思想；而彥和之融
貫佛學，殆亦備於此時，故燔髮自誓，了悟出家，皆證明其一生由儒轉佛之歷
程也。」(《《文心雕龍》與佛教關係之考辨》〔臺北：文史哲出版社，1987年〕，
頁118) 方氏所說，可謂持平之言。

7　同注4引書，頁915。本文所引之《文心雕龍》文本，皆出自周氏注本，下不贅
　　言。

8　宋‧朱熹，《四書章句集注》(臺北：大安出版社，1996年)，頁503。本文所引之
　　《論語》、《孟子》原文皆引自該書，後不贅言。

　　根據《梁書》本傳所載，《文心雕龍》書成之後，劉勰曾負書靜候名傾一時的沈約以求青睞。劉勰此舉可謂踐履了儒家「君子疾沒世而名不稱焉」（《論語‧衛靈公》）的教義；尤有進者，他更以此標準品評諸子類書說：「諸子者，入道見志之書。太上立德，其次立言。百姓之群居，苦紛雜而莫顯；君子之處世，疾名德之不章。」（《文心雕龍‧諸子》）前述所言雖能證明劉勰尊孔崇儒之心，但問題是：當我們全然以儒家思想去詮釋《文心雕龍》時，卻不免出現扞格不通之處，比如石家宜就指出〈原道篇〉裡存在兩個「道之文」。他說：

　　　前一個「道之文」存在於天地萬物的物形之中，是面向天地萬物的，「道」不是獨立於萬物之外的另一個什麼實體，恰恰就是天地萬物本身的規定性，因此說是「自然之道」；而後一個「道之文」，即「旁通而不滯，日用而不匱」的那個神通廣大的「文」，卻是從天地萬物中抽取出來，從可以獨立蘊含天地消息的「河圖」、「洛書」之中抽取出來。這樣的話，「道」與自然萬物一體的實際內容被抽空了，「道」已經不再是天地萬物本身的規定性，不再存在於天地萬物的物象之中，而成了超越天地物象之上的特殊物象了。有了這種超越於具體物象之外的形而上的物象，實際上便意味著「道」與自然的分離，所以後一個「道之文」就不能說是「自然之道」，天地萬物的「自然之道」已經在超越自然的形而上的道（即「神理」）面前降格了。因此之故，我們對劉勰的〈原道〉論應當作兩面觀，它既效法自然，又超越自然，

「本乎道」這個命題確實是矛盾的。[9]

石家宜在上述析論之後，贊同周振甫將「自然之道」和「神理」結合起來看，認為劉勰是二元論者，進而指稱劉勰本人也並不迴避這種二元論的矛盾。在石家宜看來，劉勰之所以如此，大體是套用了《易傳》「形而上者謂之道，形而下者謂之器」的理論模式。他認為《易傳》的基本思想是聖人效法自然，正是在這一點上與劉勰的儒家信仰息息相關。[10]

關於〈原道〉一文，是否真如石家宜所言，《易傳》的二元理論模式造成了劉勰「文本乎道」命題的矛盾，還是劉勰有意為之，但又不是純然建基於《易傳》的理論模式上，抑或因為劉勰博採儒道學說以為己用所造成的，凡此種種問題的釐清，顯然可見，文獻考證或相同詞彙出現的次數和典故歸納法並不能真正解決問題。有鑑於劉勰對孔子之仰止，加上在《文心雕龍》中，位居上、下兩篇之首的〈原道〉與〈神思〉明顯習染老莊思想，因此，基於方法論的需求，本文擬從詮釋學的進路，視王弼等玄學家以老莊思想詮解《易經》的模式為劉勰研治儒道學說的前理解，藉以闡明《文心雕龍》之文體論乃是劉勰對儒道兩家思想的轉化與融合之呈現。

二　劉勰對老子「道法自然」的轉化

道家思想以老子之道論為核心，後有莊子承之而續言道德，倡

9　石家宜，《《文心雕龍》系統觀》（南京：江蘇古籍出版社，2001年），頁105。
10　詳參注9引書。

行自然之道。後世老莊相提並論，肇始於司馬遷曰：「老子所貴
道，虛無，因應變化於無為，故著書辭稱微妙難識。莊子散道德，
放論，要亦歸之自然。」[11]劉勰對老莊的認識應如世人一般，得力
於《史記》本傳的纂述。因此，劉勰在〈諸子〉篇裡即說：

> 至鬻熊知道，而文王諮詢，餘文遺事，錄為《鬻子》。子目
> 肇始，莫先於茲。及伯陽識禮，而仲尼訪問，爰序道德，以
> 冠百氏。然則鬻惟文友，李實孔師，聖賢並世，而經子異流
> 矣。[12]

在漢代，孔子是至聖先師，已成定論。[13]因此，劉勰在此雖言「李
實孔師」，卻也只能視同「聖賢並世」，而據此區分經與子。由此可
見，文學理論一如文學的發展，亦受到當時的學術思潮的影響。

劉勰稱老子「爰序道德，以冠百氏」，而謂「莊周述道以翱翔」，
顯見其對老莊思想有所涵養。然則，他在涵養之際，如何轉化老莊
思想以為其文論之用呢？《文心雕龍》以〈原道〉為首篇，即令學
界陷入釋「道」的爭論之中。劉勰所言及之「道」，究竟是指儒家
之道，抑或是道家之道呢？關此，誠可謂人言言殊，又各有其理
據。為了釐清此一問題，我們仍須從老子的道論出發來加以簡別。

大體來說，老子思想的總綱見於《老子》首章，其言曰：

---

11 見《史記・老子韓非列傳》（日・瀧川龜太郎，《史記會注考證》（臺北：漢京文
化事業有限公司，1983年），頁860）。

12 同注4引書，頁325。

13 《史記・孔子世家》曰：「孔子布衣，傳十餘世，學者宗之。自天子王侯，中國
言六藝者折中於夫子，可謂至聖矣！」見注11引書，頁765。

> 道可道，非常道。名可名，非常名。無名天地之始，有名萬
> 物之母。故常無欲，以觀其妙；常有欲，以觀其徼。此兩者
> 同出而異名，同謂之玄，玄之又玄，眾妙之門。[14]

老子在這一章裡，首先提醒人們在人世間有一「常道」與「常名」，然後接著以「無」與「有」這一組對偶性的概念來陳述天地萬物的生化過程，最後提出一組觀照天地萬物的人生境界之準的。職此，我們要問的是，老子為什麼首先闡述的是「道」與「名」的意涵呢？依《史記》所載，孔子曾問禮於老子，然而，相對於孔子的禮論仁說，為什麼老子所關注的是「道」與「名」的議題呢？

如眾所知，平王東遷之後，王權式微，周禮面臨崩解之虞。春秋戰國之世，道德淪喪，綱常顛覆，遂致孔子有「必也正名乎」之言；而若老子顯然有不同的思維，其謂「大道廢，有仁義」（《老子》18章），即說明老子從經驗現象的觀察中試圖跳脫出來，亟欲另覓一究極之法以救時弊。因此，老子在首章即揭示有一不可道的「道」與一不可說的「名」以別於既有的視聽。或因如此，老子在描述這一「道」時總是以一種文學性的修辭而非定義式的陳述，如其言曰：「有物混成，先天地生。寂兮寥兮，獨立不改，周行而不殆，可以為天下母。吾不知其名，字之曰道。」（《老子》25章）由此可見，老子既要凸顯「道」的先在性與獨立性，又恐世人拘泥在傳統對「道」字的認識與理解，故而強調以「道」命名只是方便使然。換言之，當老子穎悟到冥冥之中似有一造物主的存在時，或恐

---

14 魏・王弼等著，《老子四種》（臺北：大安出版社，2003年），頁1。本文所引之
  《老子》原文皆引自該書，後不贅言。

世人無法體會其真，於是乎進而勉強形容其形象，老子曰：「道之
為物，惟恍惟惚。惚兮恍兮，其中有象；恍兮惚兮，其中有物。窈
兮冥兮，其中有精。其精甚真，其中有信。」（《老子》21章）顯
然，老子在此連續用了「頂真」（如「惟恍惟惚」、「惚兮恍兮」之
「惚」）、「類疊」（如「其中有」重複使用）等修辭法完全是為了達
意，意指「道」雖非一實體但仍然是可以想像的。值得注意的是，
老子進一步闡述何謂「恍惚」，其言曰：

> 視之不見，名曰夷；聽之不聞，名曰希；搏之不得，名曰
> 微。此三者不可致詰，故混而為一。其上不皦，其下不昧，
> 繩繩不可名，復歸於無物，是謂無狀之狀，無物之象，是謂
> 惚恍。（《老子》14章）

這章實可視為抹去「道之為物」章的描述之舉，目的是去除世人定
執於此，故云「繩繩不可名，復歸於無物」。王弼注云：「欲言無
邪，而物由以成。欲言有邪，而不見其形。故曰『無狀之狀，無物
之象』也」[15]。

由上述可知，老子以「道」為宇宙的本源，並具有創生的能
力，故總而言曰：「道生一，一生二，二生三，三生萬物。萬物負
陰而抱陽，沖氣以為和。」（《老子》42章）關於這段文本，王弼注
云：

> 萬物萬形，其歸一也。何由致一？由於無也。由無乃一，一

---

15 同注14引書，頁11。

可謂無？已謂之一，豈得無言乎？有言有一，非二如何？有一有二，遂生乎三。從無之有，數盡乎斯，過此以往，非道之流。故萬物之生，吾知其主，雖有萬形，沖氣一焉。[16]

王弼此注顯然有取於莊子〈齊物論〉，其言曰：

天下莫大於秋豪之末，而大山為小；莫壽於殤子，而彭祖為夭。天地與我並生，而萬物與我為一。既已為一矣，且得有言乎？既已謂之一矣，且得無言乎？一與言為二，二與一為三。自此以往，巧曆不能得，而況其凡乎！故自無適有以至於三，而況自有適有乎！無適焉，因是已。[17]

從「天地與我並生，而萬物與我為一」的表述可見，莊子乃是承繼老子道論而言萬物一齊，因循自然的性分而已。老子論道而述及自然。其言曰：

有物混成，先天地生。寂兮寥兮，獨立不改，周行而不殆，可以為天下母。吾不知其名，字之曰道，強為之名曰大。大曰逝，逝曰遠，遠曰反。故道大，天大，地大，王亦大。域中有四大，而王居其一焉。人法地，地法天，天法道，道法自然。（《老子》25章）

上述這段文本最為人關注的是「道法自然」一句。人或從文法上解

---

16 同註14引書，頁37。

17 清・郭慶藩輯，《莊子集釋》（臺北：華正書局，1994年），頁79。

讀，析言此句乃屬主謂結構，「法」是動詞，意即效法自然，或以自然為法則，然則，作為創生萬物之主的「道」便失其獨立性，於是在整段的釋義上便生歧異。如吳澄曰：「道之所以大，以其自然，故曰『法自然』。非道之外別有自然也。」[18]而如余培林則云：「『道』是老子哲學的基礎，是宇宙萬物創生的本源，所以人、地、天都要法『道』；但『道』並不是毫無規律，為所欲為的，它還必須要以『自然』為法。當然，我們不能說在『道』之上另有一個叫做自然的東西，為『道』所遵循，因為如此就混亂了老子哲學的體系」[19]。誠然，依文法解讀確實會造成義理上的曲折，然而，我們要如何闡釋之呢？王弼曰：

> 法，謂法則也。人不違地，乃得全安，法地也。地不違天，乃得全載，法天也。天不違道，乃得全覆，法道也。道不違自然，乃得其性，法自然也。法自然者，在方而法方，在圓而法圓，於自然無所違也。自然者，無稱之言，窮極之辭也。用智不及無知，而形魄不及精象，精象不及無形，有儀不及無儀，故轉相法也。道法自然，天故資焉。天法於道，地故則焉。地法於天，人故象焉。王所以為主，其主之者一也。[20]

王弼雖言「法，謂法則也」，卻以「道不違自然，乃得其性」釋「法自然也」之義，並進而言曰「法自然者，在方而法方，在圓而

---

18 轉引自余培林，《老子讀本》（臺北：三民書局，2004年），頁55。
19 同注18引書，頁20。
20 同注14引書，頁22。

法圓，於自然無所違也。自然者，無稱之言，窮極之辭也。」如此相應而合理地闡述老子之意，誠可謂創造性的詮釋。[21]

前此提及，周振甫認為劉勰的推倡「自然之道」（〈原道〉）是受了玄學的影響，而且值得注意的是，王弼、何晏用老莊思想來講《易經》。《易經》向來被視為儒家的經典，王、何二人乃玄學之魁楚，他們的解經方式必然影響到當時和後來六朝時人對《易》、《老》、《莊》三玄的解讀。劉勰通過《史記》的歷史脈絡肯認《易》之十翼乃孔子所作。那麼，《文心雕龍》首篇〈原道〉所謂「自然之道」，究竟是要歸屬於儒家，還是老莊呢？關於這個問題，我們還是必須回到〈原道〉的文本來加以推究。其言曰：

> 文之為德也大矣，與天地並生者何哉？夫玄黃色雜，方圓體分：日月疊璧，以垂麗天之象；山川煥綺，以鋪理地之形。此蓋道之文也。仰觀吐曜，俯察含章，高卑定位，故兩儀既生矣。惟人參之，性靈所鍾，是謂三才，為五行之秀，實天地之心。心生而言立，言立而文明，自然之道也。傍及萬

---

21 牟宗三曾就王弼的注解作進一步地闡釋。他說：「『在方而法方』者，即，在方即如其為方而任之。亦即於物而無所主焉。如此，則沖虛之德顯矣。此即『自然』也。此即自然，則即『於自然無所違也』。不是著於『方之為物』之自然，乃是『在方而無所主，如其為方而任之』之自然，此是浮上來之自然。若用專門術語言之，則是超越之自然。不是著於物之自然，不是經驗意義之自然。要遮撥此『著』，故第一步教人先作『截斷眾流』之超拔，即：方不是方，圓不是圓，山不是山，水不是水。然遮撥後所顯之沖虛，又恐人起執而孤懸也，故第二步仍須回來，作平平觀：方仍是方，圓仍是圓，山仍是山，水仍是水。此山仍是山，水仍是水，是表示一種圓通無碍，沖虛無執之無外之心境，亦即沖虛之玄德。此即是道，此即自然。」（氏著，《才性與玄理》〔臺北：臺灣學生書局，1993年〕，頁154。）

品，動植皆文：龍鳳以藻繪呈瑞，虎豹以炳蔚凝姿；雲霞雕
色，有踰畫工之妙；草木賁華，無待錦匠之奇。夫豈外飾，
蓋自然耳。至於林籟結響，調如竽瑟；泉石激韻，和若球
鍠：故形立則章成矣，聲發則文生矣。夫以無識之物，鬱然
有采，有心之器，其無文歟？人文之元，肇自太極，幽讚神
明，《易》象惟先。庖犧畫其始，仲尼翼其終。而乾坤兩位，
獨制《文言》。言之文也，天地之心哉！若乃《河圖》孕乎
八卦，《洛書》韞乎九疇，玉版金鏤之實，丹文綠牒之華，
誰其尸之，亦神理而已。

劉勰在篇首開宗明義地說：「文之為德也大矣，與天地並生者何
哉？」瞬間將「文」與天地相提並論，順此而說「天象」與「地
形」乃「道之文也」，又言人參天地，實天地之心，以帶出「心生而
言立，言立而文明，自然之道也」的文論。依劉勰〈序志〉所言：
「蓋文心之作也本乎道」。以「道」為文章寫作的根源乃劉勰的文
學主張。然而，關於此段論述，周振甫卻提出了他的質疑。他說：

從天地、龍鳳、到泉石的形文或聲文，都是客觀存在的自然
之文，人的創作的「人文」是屬於意識型態的範疇，這兩者
不是一回事。要是說，作品需要有文采，正好比草木賁華、
雲霞雕色，用自然之文來比喻作品需要文采，那是可以的。
〈原道〉裏不是這樣，是把兩者並立起來，把自然之文和
「人文」等同起來了，這就把存在和意識混淆了。這樣混淆
只有利於宣揚那種追求辭采、音韻的偏重形式美的文，對宣

揚文以明道不利。[22]

誠然，劉勰在此確將自然之文和「人文」相提並論。職此，我們要
問的是，他為什麼會將客觀存在的自然之文和作為意識型態的文章
或文學的「人文」等同起來呢？我們又應如何來詮釋此一現象呢？

如前所述，王弼曾援引《莊子》之言詮解老子所謂「道法自
然」。在老子，「自然」二字不只是指涉客觀存在的自然現象。其
言曰：

> 希言自然，故飄風不終朝，驟雨不終日。孰為此者？天地。
> 天地尚不能久，而況於人乎？故從事於道者，道者同於道，
> 德者同於德，失者同於失。同於道者，道亦樂得之；同於德
> 者，德亦樂得之；同於失者，失亦樂得之。信不足，焉有不
> 信焉。（《老子》23章）

顯然可見，老子在這章以「自然」之無執無為的境界義所反照回去
而說天地之太樸無為的境界。此由《老子》云：「為者敗之，執者
失之。是以聖人無為，故無敗；無執，故無失。民之從事，常於幾
成而敗之。慎終如始，則無敗事。是以聖人欲不欲，不貴難得之
貨；學不學，復眾人之所過。以輔萬物之自然，而不敢為」（64
章）可證。關於「希言自然」，王弼注云：「聽之不聞名曰希。下章
言『道之出口，淡乎其無味也，視之不足見，聽之不足聞』。然則
無味不足聽之言，乃是自然之至言也」[23]。至於「從事於道者」，

王弼注曰：「從事，謂舉動從事於道者也。道以無形無為成濟萬物，故從事於道者以無為為君，不言為教，緜緜若存，而物得其真。與道同體，故曰『同於道』」[24]。可見王弼亦以「自然」之境界義來詮釋之。

「自然」一詞可說是老子道論的精神所在，其言曰：

> 道生之，德畜之，物形之，勢成之。是以萬物莫不尊道而貴德。道之尊，德之貴，夫莫之命而常自然。故道生之，德畜之：長之、育之、亭之、毒之、養之、覆之。生而不有，為而不恃，長而不宰，是謂玄德。（《老子》51章）

王弼於此注云：「凡物之所以生，功之所以成，皆有所由。有所由焉，則莫不由乎道也。故推而極之，亦至道也。隨其所因，故各有稱焉。」[25]又云：「有德而不知其主也，出乎幽冥，故謂之玄德也」[26]。從上述對老子自然義的陳述來看，劉勰〈原道〉篇裡所謂「自然之道」可說是從老子之自然觀轉化而來的。換言之，劉勰將客觀存在的自然之文和作為意識型態的文章或文學的「人文」等同起來並非不小心混淆了，而是他有意為之。[27]

---

24 同注14引書，頁20。

25 同注14引書，頁44。

26 同注25。

27 關於劉勰〈原道篇〉所述及之「自然」義，方元珍疏解云：「是知『原道』者，言『文本源於自然』，『道』即『自然』也。蓋《周易》本無『自然』一辭，至王弼、韓康伯援《老》注《易》，多用『自然』之辭。以『自然』言『道』，如《易・繫辭上》云：『子曰：知變化之道者，其知神之所為乎』，韓康伯注云：『夫變化之道，不為而自然，故知變化者，則知神之所存』；魏晉玄學之徒，亦嘗見用，如何晏『無名論』引夏侯玄之言云：『天地以自然運，聖人以自然用，

　　如前所述，劉勰《文心雕龍》之作旨在拯救日趨形式作風的駢麗文風。然而，由於對老莊思想的涵養，使他對駢麗的文風帶有老子自然觀的美學意涵，此由〈麗辭〉首段可證。其言曰：

> 造化賦形，支體必雙，神理為用，事不孤立。夫心生文辭，運裁百慮，高下相須，自然成對。唐虞之世，辭未極文，而皋陶贊云：「罪疑惟輕，功疑惟重」。益陳謨云：「滿招損，謙受益。」豈營麗辭，率然對爾。《易》之《文》、《繫》，聖人之妙思也。序乾四德，則句句相銜；龍虎類感，則字字相儷；乾坤易簡，則宛轉相承；日月往來，則隔行懸合：雖句字或殊，而偶意一也。至於詩人偶章，大夫聯辭，奇偶適變，不勞經營。

從上文可知，句子以駢麗為主，在當時可說是天經地義。作為六朝時人的劉勰亦能順應潮流以駢文立論。凡是文學作品，無論它是什麼形式，都有其聲調之美。因為文學作品的媒介物是語言文字，而語言本身自有其天然的聲調，所以用文字來表述的文學作品自然也有它的聲調。不僅如此，由於文學的語言乃經變造過後的語言，所以在文字的句法表現上亦會從自然的對句演變成精密的對偶。劉勰云：「造化賦形，支體必雙，神理為用，事不孤立。夫心生文辭，

自然者，道也』，是皆影響彥和以『自然』一辭，為文學發軔之初始，人性流露之根源。故〈原道篇〉之『道』與『自然』，異名同義，源自《周易》並受玄學影響。則〈原道篇〉云：『辭之所以能鼓天下者，迺道之文也』，蓋以『自然之文采』，謂為『道之文也』。」（同注6引書，頁41-42）筆者以為老子「道法自然」之自然義，恰可解《文心》言「道之文」有二義之疑。方元珍此說雖與本文之觀點不盡相同，但仍可供參照。

運裁百慮，高下相須，自然成對。」正是他看到了語言文字的運用自有它自然成對的現象。因此，他認為《易》、《書》、《詩》和《左傳》等經典中的對偶句式乃是作者順文辭之自然而成，故其言曰：「豈營麗辭，率然對爾」，「奇偶適變，不勞經營」。

　　綜上所述，我們認為劉勰〈原道〉篇裡所謂「自然之道」乃是對老子「道法自然」之義理的轉化。劉勰之所以能將老子思想予以轉化，即隱顯其平日對老子思想的涵養。徐復觀說：「中國文學，自西漢後，幾乎都受有儒道兩家直接、間接的影響；六朝起，又加上佛教。由思想影響，更前進一步，便是人格修養。所謂人格修養，是意識地，以某種思想轉化、提升一個人的生命，使抽象的思想，形成具體的人格。此時人格修養所及於創作時的影響，是全面的，由根而發的影響。而一般所謂思想影響，則常是片段的，機緣而發的。兩者同在一條線上滑動，但有深淺之殊，因而也有純駁之異。」[28]誠如前述，劉勰尊孔，故儒家之依仁游藝思想乃成為他人格修養之終境；而若玄學時風亦對他有所影響，此所以他能轉化老子「道法自然」的義理而曰「文之為德也大矣，與天地並生」。

三　劉勰對儒家「修辭立其誠」與「文質彬彬」的轉化

　　劉勰在〈原道〉裡說：「人文之元，肇自太極，幽讚神明，《易》象惟先。庖犧畫其始，仲尼翼其終。而乾坤兩位，獨制《文言》。言之文也，天地之心哉！若乃《河圖》孕乎八卦，《洛書》韞

---

28 徐復觀，〈儒道兩家思想在文學中的人格修養問題〉（趙利民主編，《儒家文藝思想研究》〔傅永聚、韓鍾文主編，《二十世紀儒學研究大系》總21卷，北京：中華書局，2003年〕），頁165。

乎九疇，玉版金鏤之實，丹文綠牒之華，誰其尸之，亦神理而
已」。周振甫認為這是一種矛盾的說法。他說：

> 文章是有了人類社會以後的產物。在天地未分以前的太極，
> 根本不可能有什麼「人文之元」。把「人文」說成從《河圖》
> 《洛書》來的，不是人的創作，是「神理」所造成的。這就
> 把「人文」的來源神秘化了，是有一種超乎人之上的神秘的
> 「神理」來制定最早的「人文」。這樣，對於文章是「發吟
> 咏之志」，「垂敷奏之風」，是記載「業峻鴻績，勳德彌縟」
> 的，也就是在有了人類和語言文字，有了情志和事蹟才要用
> 文來抒情、達意記事的，就矛盾了。[29]

大體來說，「把『人文』說成從《河圖》《洛書》來的」，實可視它
為一種隱喻。藏策說：「文學，永遠都不可能是『純』的。既然語
言從某種意義上說即是隱喻性的，就算是歷史文本也從來都無法擺
脫其『文學性』。」[30]藏策以為，就最新學術前沿來看，一切歷史
文本皆無法很可靠，因為語言本身即是一種喻體的存在，一種修辭
的存在。而我們所能見到的歷史只是文本而已，根本就無法擺脫其
作為一種敘事所具有的虛構性、修辭性和傾向性。[31]換言之，自
《尚書·洪範》云：「天乃錫禹『洪範』九疇，彝倫攸敘。」以至
《周易·繫辭上》曰：「天生神物，聖人則之；天地變化，聖人效
之；天垂象，見吉凶，聖人象之。河出圖，洛出書，聖人則之。易

---

29 同注4引書，頁13-14。
30 藏策，《超隱喻與話語流變》（天津：天津人民出版社，2006年），頁71。
31 同注30，頁57。

有四象，所以示也。繫辭焉，所以告也。定之以吉凶，所以斷也。」《河圖》《洛書》早已隱喻成為士子深信不疑的聖人之言。它是否真實並不重要。六朝文士每以《易》說作為文學的溯源，又是不爭的事實。例如：蕭統於《文選‧序》云：「式觀元始，眇覿玄風，冬穴夏巢之時，茹毛飲血之世，世質民淳，斯文未作。逮乎伏羲氏之王天下也，始畫八卦、造書契，以代結繩之政，由是文籍生焉。《易》曰：『觀乎天文以察時變，觀乎人文以化成天下』。文之時義遠矣哉！」故劉勰〈原道〉篇云：「道沿聖以垂文，聖因文而明道，旁通而無滯，日用而不匱。《易》曰：『鼓天下之動者存乎辭。』辭之所以能鼓天下者，乃道之文也。」

在《易》、《老》、《莊》三玄中，劉勰首重《周易》。《周易‧乾‧文言》：

> 九三曰：「君子終日乾乾、夕惕若，厲无咎」，何謂也？子曰：「君子進德修業。忠信，所以進德也；脩辭立其誠，所以居業也。知至至之，可與幾也；知終終之，可與存義也。是故居上位而不驕，在下位而不憂。故乾乾因其時而惕，雖危无咎矣。」[32]

在上述這段文章中最為人所關注的是「脩辭立其誠」這一句。〈文言〉藉孔子之言強調修辭當以真誠為首要，如此方能持守道德事業。故朱熹注云：「忠信，主於心者，无一念之不誠也。脩辭，見於事者，无一言之不實也。雖有忠信之心，然非脩辭立誠，則无以

---

32 宋‧朱熹，《周易本義》（臺北：大安出版社，1999年），頁34。

居之。」[33]從此以後，它變成儒家在文章寫作上的教條。由於〈文言〉與〈繫辭〉相類，約為戰國中晚期的作品[34]。因此，它的觀點與《論語》、《左傳》可說是同出一轍。

關於修辭，根據《論語·憲問》所載，孔子曰：

> 為命：裨諶草創之，世叔討論之，行人子羽脩飾之，東里子產潤色之。[35]

孔子在此明言鄭國之辭命必經子產等四賢之手而成，以嘉美其嚴謹之至也。類此事蹟亦見於《左傳·襄公三十一年》，其言曰：

> 子產之從政也，擇能而使之：馮簡子能斷大事，子大叔美秀而文，公孫揮能知四國之為，而辨於其大夫之族姓、班位、貴賤、能否，而又善為辭令。裨諶能謀，謀於野則獲，謀於邑則否。鄭國將有諸侯之事，子產乃問四國之為於子羽，且使多為辭令；與裨諶乘以適野，使謀可否；而告馮簡子使斷之。事成，乃授子大叔使行之，以應對賓客，是以鮮有敗事。北宮文子所謂有禮也。[36]

---

33 同注32。

34 根據周振甫的考辨：「《繫辭》的基本部分是戰國中期的作品，著作年代在老子以後，惠子、莊子之前。《象傳》應在荀子以前。關於《文言》和《象傳》，沒有直接材料。《文言》和《繫辭》相類，《象傳》與《象傳》相類，應當是戰國中後期的作品。從《象傳》的內容看，可能較《象傳》晚些。(氏著，《周易譯注》前言〔北京：中華書局，1996年〕，頁19)

35 同注8引書，頁209。

36 楊伯峻編著，《春秋左傳譯注》三（北京：中華書局，1995年），頁1191。

《左傳》在此不僅彰顯子產之知人善任，而且將裨諶、子羽等人的特長表露無遺。由此可見，儒家所謂修辭，應當包括言辭與文辭。例如：《左傳・襄公二十五年》記載：「鄭子產獻捷於晉，戎服將事。晉人問陳之罪。」[37]子產以「昔虞閼父為周陶正，以服事我先王」起首回答之，歷數舜後閼父受封於陳以來，如何接受有周之恩惠。而「今陳忘周之大德，蔑我大惠，棄我姻親，介恃楚眾，以馮陵我敝邑，不可億逞，我是以有往年之告。未獲成命，則有我東門之役。」[38]因此，鄭國乃生伐陳之心。子產之言，一一在理。「士莊伯不能詰，復於趙文子。文子曰：『其辭順。犯順，不祥。』乃受之。」[39]

關於子產所謂鄭簡公攻入陳國，乃肇因於陳背恩聯楚伐鄭。孔子曰：

> 《志》有之：「言以足志，文以足言。」不言，誰知其志？言之無文，行而不遠。晉為伯，鄭入陳，非文辭不為功。慎辭也。」[40]

這裡所謂「言以足志，文以足言」、「言之無文，行而不遠」、「非文辭不為功」等等，在在顯示具有文采的言或辭的重要性。因此，《文心雕龍・徵聖》曰：「夫子文章，可得而聞，則聖人之情，見乎文辭矣。先王聖化，布在方冊；夫子風采，溢於格言。是以遠稱

---

37 同注36，頁1104。
38 同注36，頁1105。
39 同注36，頁1106。
40 同注36，頁1106。

唐世，則煥乎為盛；近褒周代，則郁哉可從。此政化貴文之徵也。鄭伯入陳，以文辭為功；宋置折俎，以多文舉禮。此事蹟貴文之徵也。褒美子產，則云『言以足志，文以足言』；泛論君子，則云『情欲信，辭欲巧』：此修身貴文之徵也。然則志足而言文，情信而辭巧，乃含章之玉牒，秉文之金科矣。」劉勰正由此轉化而論文學的內容和形式的關係，《文心雕龍・情采》曰：

> 聖賢書辭，總稱文章，非采而何！夫水性虛而淪漪結，木體實而花萼振：文附質也。虎豹無文，則鞟同犬羊；犀兕有皮，而色資丹漆：質待文也。若乃綜述性靈，敷寫器象，鏤心鳥跡之中，織辭魚網之上，其為彪炳，縟采名矣。故立文之道，其理有三：一曰形文，五色是也；二曰聲文，五音是也；三曰情文，五性是也。五色雜而成黼黻，五音比而成韶夏，五性發而為辭章，神理之數也。《孝經》垂典，喪言不文；故知君子常言，未嘗質也。老子疾偽，故稱「美言不信」；而五千精妙，則非棄美矣。莊周云「辯雕萬物」，謂藻飾也。韓非云「豔乎辯說」，謂綺麗也。綺麗以豔說，藻飾以辯雕，文辭之變，於斯極矣。研味《孝》、《老》，則知文質附乎性情；詳覽《莊》、《韓》，則見華實過乎淫侈。若擇源於涇渭之流，按轡於邪正之路，亦可以馭文采矣。夫鉛黛所以飾容，而盼倩生於淑姿；文采所以飾言，而辯麗本於情性。故情者，文之經，辭者，理之緯；經正而後緯成，理定而後辭暢：此立文之本源也。

在劉勰所謂「聖賢書辭，總稱文章，非采而何！」的宣稱裡，我們

看到劉勰對文章修辭的重視。他認為經誥之書是具有文采的，即如《孝經》、《老子》亦然。如眾所知，老子有「天下皆知美之為美，斯惡已」之言，故劉勰為其言曰：「老子疾偽，故稱『美言不信』；而五千精妙，則非棄美矣」；至於《孝經》，則云：「《孝經》垂典，喪言不文；故知君子常言，未嘗質也」。劉勰之文質說乃從孔子之言轉化而出的，《論語·顏淵》曰：

> 棘子成曰：「君子質而已矣，何以文為？」子貢曰：「惜乎！夫子之說，君子也。駟不及舌。文猶質也，質猶文也。虎豹之鞹，猶犬羊之鞹。」

此章藉由棘子成與子貢的對話，揭示儒家「文質並重」的主張。亦即《論語·憲問》所載，子曰：「質勝文則野，文勝質則史。文質彬彬，然後君子。」孔子所要闡述的是君子人格的養成需要質與文的交融並蓄。劉勰本乎此卻轉而談文質在寫作上的作用，因而提出「立文之道，其理有三：一曰形文，五色是也；二曰聲文，五音是也；三曰情文，五性是也。五色雜而成黼黻，五音比而成韶夏，五性發而為辭章，神理之數也。」

　　值得注意的是，劉勰說「研味《孝》、《老》，則知文質附乎性情；詳覽《莊》、《韓》，則見華實過乎淫侈。若擇源於涇渭之流，按轡於邪正之路，亦可以馭文采矣。」這顯然是對於當時文士競逐華麗文采之針砭。在他看來，「文采所以飾言，而辯麗本於情性」。因此，他提出立文之本源，亦即「情者，文之經，辭者理之緯；經正而後緯成，理定而後辭暢。」

　　劉勰認為駕馭文采之法在於「擇源於涇渭之流，按轡於邪正之

路」，故其《文心雕龍・宗經》曰：「若稟經以製式，酌雅以富言，是即山而鑄銅，煮海而為鹽也。故文能宗經，體有六義：一則情深而不詭，二則風清而不雜，三則事信而不誕，四則義貞而不回，五則體約而不蕪，六則文麗而不淫。揚子比雕玉以作器，謂五經之含文也。夫文以行立，行以文傳，四教所先，符采相濟。」觀劉勰之言，便知其對儒家思想的涵養與轉化。

四　結論

《文心雕龍・時序》曰：「自中朝貴玄，江左稱盛，因談餘氣，流成文體。是以世極迍邅，而辭意夷泰，詩必柱下之旨歸，賦乃漆園之義疏。故知文變染乎世情，興廢繫乎時序，原始以要終，雖百世可知也」。這即是說文學的發展會受到當代學術思潮的影響而有所改變。因此，筆者即於上文分別從儒道兩家之主要思想的脈絡詮釋下辨析劉勰在研儒治玄的時尚背景下，如何從老子「道法自然」的思想中轉化而為其〈原道〉所謂「文之為德也大矣，與天地並生者何哉？」的論述，以及如何從儒家「修辭立其誠」與「文質彬彬」的肯認裡轉化而為其〈情采〉所謂「聖賢書辭，總稱文章，非采而何」的文學主張。

經過前文的詮解，我們得知：老子所謂「道法自然」之「自然義」有二，一為客觀意義的自然本身，另一則就超越意義的境界而言自然。準此，劉勰〈原道〉所謂「天象」、「地形」乃「道之文也」，便是「自然」的第一義的展現；而謂參天地之人，實天地之心，進而言「心生而言立，言立而文明，自然之道也。」則是就第二義的境界而說。老子曰：「道生一，一生二，二生三，三生萬

物。」(《老子》42章)在這一宇宙論下,天地萬物皆為「道」所創生。人雖為萬物之靈,且與天地謂為三才,自不能例外。故劉勰順此又云:「旁及萬品,動植皆文:龍鳳以藻繪呈瑞,虎豹以炳蔚凝姿;雲霞雕色,有逾畫工之妙;草木賁華,無待錦匠之奇。夫豈外飾,蓋自然耳。」意在凸顯萬物萬品之「文」的自然天成。準而言之,劉勰所謂「文之為德也大矣,與天地並生者何哉?」的思維,應是在《老》、《易》思想的涵養下所融合轉化而產生的。老子首提「道」的形上思維,加上《易・繫辭》對「天文」、「人文」的闡釋,理應觸發了劉勰對「文」的根本思考。文字是文學的載體,劉勰從中國文化的發端、文字的產生,乃至文學的發展,進而提出他的文學理論「心生而言立,言立而文明,自然之道也」,誠可謂順理成章。此外,劉勰又從《易・文言》:「修辭立其誠,所以居業也」,《左傳》孔子曰:「言之無文,行而不遠」,以及孔子「文質彬彬」的思想中轉出,而倡言形文、聲文和情文乃立文之道也,並強調文質並重的文學觀。《文心雕龍・體性》曰:「夫情動而言形,理發而文見。蓋沿隱以至顯,因內而符外者也。」又,〈附會〉曰:「以情志為神明,事義為骨髓,辭采為肌膚,宮商為聲氣。」即是揭示:以情與理,或情志與事義為內容(神明、骨髓),外加優美的形式(辭采、宮商),便是文學。

值得注意的是,劉勰在轉化儒道思想觀念的同時,亦即在其文學理論裡對兩家思想作了融合,比如《文心雕龍・神思》曰:「思理為妙,神與物遊,神居胸臆,而志氣統其關鍵;物沿耳目,而辭令管其樞機。樞機方通,則物無隱貌;關鍵將塞,則神有遯心。是以陶鈞文思,貴在虛靜,疏瀹五藏,澡雪精神;積學以儲寶,酌理以富才,研閱以窮照,馴致以繹辭;然後使玄解之宰,尋聲律而定

墨；獨照之匠，窺意象而運斤：此蓋馭文之首術，謀篇之大端。」
眾所周知，「意」與「象」首見於《周易‧繫辭上》：「子曰：書不
盡言，言不盡意。然則聖人之意其不可見乎？子曰：聖人立象以盡
意，設卦以盡情偽，繫辭焉以盡其言。」言意之辨乃魏晉名士之所
尚，而若「神與物遊」，「陶鈞文思，貴在虛靜，疏瀹五藏，澡雪精
神」則分明是莊子之言。在這一段標舉文學創作之首要條件，亦即
「意象」營構的文脈裡，劉勰的確是融合了《易》、《老》、《莊》的
思想而立論的。在陸機《文賦》裡，亦曾生動地描述了作家創作的
過程，並以「佇中區以玄覽，頤情志於典墳」為創作前的涵養。由
此可見，陸機與劉勰都受了當時玄學的影響，故將老莊思想化用到
文藝理論的建構上。老子曰：「為學日益，為道日損。」（《老子》
48章）老莊所重在精神心靈上的陶養，故如「頤情志於典墳」、「積
學以儲寶，酌理以富才，研閱以窮照，馴致以繹辭」之類的博學增
藝的鍛鍊工夫，則當以儒家為學習之首。誠如周振甫所謂：劉勰
「提出〈原道〉，並不是要用儒家思想來寫作，他認為儒家以外的
諸子都是『入道見志之書』，認為寫作要『師心獨見』的。他提出
〈徵聖〉、〈宗經〉，既不要用聖人的思想來寫作，否則不是『師心
獨見』了，也不要學習經書的語言，只是要學習聖人的『政化貴
文』，『事跡貴文』，『修身貴文』，要寫出有內容的文辭，『文能宗
經，則體有六義』，要寫出情深、風清、事信、義直、體約、文麗
的文辭。正因為要文麗，所以要『酌乎緯』。又要求文辭因時變
化，所以『變乎騷』。因此，他提倡的，既是要有充實內容的，又
要有文采的、有新變的作品。」[41] 換言之，劉勰所謂的〈徵聖〉、

---

41 同注4引書，頁923-924。

〈宗經〉，首要在於學習中國古代文哲的精神。

　　綜上所述，我認為以老子「道法自然」的自然觀來詮釋《文心雕龍‧原道》所謂「文之為德也大矣，與天地並生者何哉？」這一命題確能解決以《易傳》的進路來詮釋〈原道〉而衍生的「道之文」有二義的扞格矛盾處，並且以之詮釋其他篇章，亦見相應而合理，比如〈麗辭〉云：「造化賦形，支體必雙，神理為用，事不孤立。夫心生文辭，運裁百慮，高下相須，自然成對。」此正顯現出劉勰對駢麗文風的評述帶有老子自然觀的美學意涵。誠如前述，劉勰《文心雕龍》的思想淵源以儒道兩家為主，而就其文本檢別之，確見其博採兼收兩家學說之精華，因此，本文以為《文心雕龍》所謂「文心之作也本乎道」的文學理論，可說是劉勰對儒道兩家思想的轉化與融合之呈現。

　　　　　　　附記：原載於高雄師範大學經學所《經學研究集刊》
　　　　　　　　　　第二十八期；略作修改。

從阮籍《詠懷》詩論文學與意義治療

一 前言

　　阮籍（西元210-263）生於東漢獻帝建安十五年。其父阮瑀，乃魏丞相掾，名列建安七子之中。阮籍雖成長於魏文、明帝兩朝，而其主要活動時期則在齊王曹芳正始以後。依史載，阮籍曾歷太尉司馬懿從事中郎、散騎常侍等；正元初，封關內侯，尋遷步兵校尉。關於魏、晉這一時代的氛圍，李建中說：

> 魏晉，是中國歷史上一個大的轉折。魏晉的「轉折」是全方
> 位的：政治、軍事、哲學、宗教、思想、文化、文學、藝
> 術……而所有的這些轉折，體現於整體的與個體的「人」身
> 上，便是人格的斷裂與重鑄。漢代獨尊儒術，士大夫的人格
> 塑造，其規範與準地，是儒學關於「人」的一系列的理論，
> 漢儒人格愈來愈成為一種楷模。然而，在東漢後期的黨錮之
> 禍中，孔儒人格模式遭受嚴重挫折。黨人們絕非要反叛或丟
> 棄漢儒人格模式，相反，他們是在執著而頑強地實踐這種人
> 格模式時，遭遇了滅頂之災。漢儒人格玉碎了。東漢黨人的
> 捨身取義，和曹孟德的唯才是舉，從不同的側面，共同釀成

漢儒人格的斷裂；而曹操人才思想的重才輕德，劉劭《人物
志》的人格類型，和何、王玄學「聖人」人格精神的自然無
為，為新的人格範型的誕生提供了思想營養。[1]

在這樣的年代裡，士人精神上的困惑與苦悶是可想而知的。這其中
又以阮籍的行徑最令人費解。

關於阮籍，葉嘉瑩說：「阮籍既不肯做那種依附權貴、苟且謀
求名利的行事，又想在亂世之中委曲地保全自己，所以，在『竹林
七賢』之中，他是內心最為矛盾、最為痛苦的一個人。因此，他常
常『夜闌酒醒，難去憂畏，透迤伴食，內慚神明。耿介與求生矛
盾，曠達與良知互爭，悲涼鬱結，莫可告喻。對天咄咄，發為詩
文』了。」[2]葉氏的這個說法可說是切合阮籍的心意。此外，有關
阮籍的內心世界，謝大寧在描述阮籍的學思歷程時也曾論及。謝氏
以為，阮籍的思想以正始為界，大概可明確分出前後兩期。就前期
的阮籍而言，基本上乃是個儒學世家子弟，受著典型的詩禮之教，
〈樂論〉一文即反映了阮籍的基本教育背景；然而，由於在阮籍的
生命裡內含一浪漫之美感心靈，和那嚴肅的禮樂是不太可能相容
的，故在數年後他便自覺地追隨何王之學，而有〈通老論〉和〈通
易論〉之作。在謝氏看來，阮籍之進入狂飆式的轉變是在高平陵事
件之後。茲因此一政治事件使阮籍對現實政治產生強烈的疏離感，
而由此疏離感所湧起的對人生之虛無感，將阮籍逼至一存在的絕境
中，這又使阮籍遠離何、王之學，而有〈達莊論〉、〈大人先生傳〉

1 李建中，《魏晉文學與魏晉人格》（武漢：湖北教育出版社，1998年），頁21。
2 葉嘉瑩，《阮籍詠懷詩講錄》（臺北：桂冠圖書公司，2000年），頁10。

和〈詠懷詩〉之作。[3]

　　值得注意的是，謝大寧說：「這兩種感受間並沒有必然的發展關係，阮籍之所以會由疏離感而興虛無之悲歎，外在的政治事件多半只能扮演導火線的角色，他生命中原已內蘊的生命情調和價值意義的衝突，恐怕才是他墮入此一存在之虛無中的主因吧！換言之，阮籍其實是由對外在世界的強烈懷疑，進而引生了他對如何確立自我價值的普遍懷疑，這一懷疑甚至亦否決了他原已由何王之學中所得到的表面安頓。筆者以為這一感受也正是他在《詠懷》詩中所一直想傳達的最基本感受。」[4]誠如謝氏所言，阮籍的存在困境的關鍵在於「他對如何確立自我價值的普遍懷疑」，而那正是人在尋找生命意義的歷程中可能遭遇的。謝氏說阮籍在思想上的兩次改宗正是他面對其「生命情調和價值意義的衝突」時所做出的抉擇。於此，令人感興趣的是，這兩次抉擇在阮籍尋找存在的出路時所彰顯的意義，以及他是否真如謝氏所言，最後只能在縱酒佯狂的頹廢生活中含恨以終而無法安頓生命呢？

　　生命的意義究竟是什麼？這是我們心中不時會扣問的問題，而尋找生命的意義更是我們一生不可或缺的歷程。在上文中，我們點出了阮籍一生對生命意義的追尋。這使我想起了奧地利心理學大師弗蘭克（Frankl, Viktor Emil, 1905-1977）的意義治療學說。他認為，對生命意義的尋找是人類的根本探究，只有澄清生命的意義問題才能使我們的生存超越愧疚、混亂，和因死亡而導致的不確定性。有關「意義」這一主題是如何被治療學家運用的問題，弗蘭克說：

3　詳參謝大寧，《歷史的嵇康與玄學的嵇康——從玄學史看嵇康思想的兩個側面》
　　（臺北：文史哲出版社，1997），頁129。

4　同注3，頁135。

吾人說意義治療學家不能為我們「指定」意義的內容為何，但他卻可以「描述」，描述一個人在體驗到某種有意義的事物時的情況，而不是以任何先入為主的形式來解釋它。總而言之，我們的任務是採取現象學的研究方法來分析實際人生經驗的直接資料。在現象學的方法中，意義治療專家可以藉意義與價值的擴大，來拓展病人的視野。於是病人在逐漸覺醒的過程中，最後也許終可發現生命隨時都握有、且保留著一份意義，直到最後的一刻。從現象學的分析，我們可以知道，這乃因為：人不止從他的行為、工作和創作中發現生命的意義，也透過他自己的體驗，他與這世界中真、善、美的交會，還有最後，（但不是最末微的一點），透過與他人獨特性質的交會，而肯定生命的意義。而所謂了解、把握他人的獨特性也就意味著關愛他人。即使在人喪失了創造力與承受力的情況下，他仍然可以實現其生命中的一項意義，意思是說只有當人面臨這個命運，面對這種無助的情境時，他才有最後的機會來實現一項意義——生命中最崇高、最深刻的一項意義——即「受難」的意義（The meaning of suffering）。（原註：無疑地，受難之有意義，只有在人面臨的情境不可改變時——否則，那就不是英雄氣概，而是被虐狂！）[5]

弗蘭克在談到文學與心理病態時，首先要我們區分心理病態與精神危機。所謂心理病態是指患有某種精神疾病，它是醫生的治療

---

5 弗蘭克著，黃宗仁譯，《從存在主義到精神分析》（臺北：杏文出版社，1977年），頁14。

對象；而精神危機則是指一種精神困惑，它源於某人因其表面看來
的無意義感而產生的絕望。一般來說，文學更與後者有關而不是與
前者有關。[6]這也就是說，弗蘭克認為文學本身就涉及人類精神危
機的課題。有關文學創作的問題，弗蘭克認為，「一切寫作都來自
語言，而一切語言又都來自思維。可是，沒有無思想物的思想，沒
有什麼從來沒有所指的思想，換言之，沒有無對象的思想。同樣的
道理也適用於寫與說，就它們總是存有某種意義、總是想促成這種
意義來講，更是如此。只要語言不促成某種意義，不傳達某種訊
息，它就根本算不上是語言。……無論如何，語言是對一種事實的
表現，而不只是一種純粹的表現」。[7]弗蘭克進一步指出，「對於一
個正常的人而言，他們的語言總是涉及對象的，它超越自己本身。
一句話，語言的絕妙就由於它的自我超越。同樣的東西也最普遍地
適用於人類存在。人的存在總是指向某種不再是它自身的東西，指
向某物或某人，指向某人正在實現的意義，或是指向他所遇到的其
他人的存在。弗蘭克認為，文學所表明的道理與意義治療的原理是
一致的。語言的對象性與自我超越性與人類存在的自我超越性是一
個道理」。[8]

　　關於文學之所以具有治療的功能是否真如弗蘭克所言呢？這正
是本文關懷的重心所在，因此，我們後文即將藉由對阮籍《詠懷》
詩組所顯露的存在困境的悲感的分析來加以探究，以明文學與意義
治療的關係及其在治療學上的作用。

6　劉翔平，《尋找生命的意義：弗蘭克的意義治療學說》（臺北：貓頭鷹出版社，
　　2001年），頁235。

7　同注6，頁238。

8　同注6，頁239。

阮籍《詠懷》詩流傳至今，共有九十五首，皆以「詠懷」為名，而非一時一地之作。在這九十五首中，有兩種不同的體式，其中八十二首是五言的《詠懷》詩，另外有十三首是四言的《詠懷》詩。這九十五首《詠懷》詩就是本文研究討論的主要範圍。

茲因本文擬從阮籍《詠懷》詩出發，來探討文學與意義治療的關係及其在治療學上的作用，所以我們首先在第一節的前言中，預先交代了阮籍的存在困境，以及弗蘭克對文學與意義治療的看法；其次，在第二節中，我們將闡述阮籍《詠懷》詩中的隱喻世界，以資後文討論之用；復次，在第三節中，我們將討論文學與意義治療的相關問題；最後在第四節的結論中，將總結我們上述的討論，以說明文學與意義治療的關係及其在治療學上的作用。

二　阮籍《詠懷》詩中的隱喻世界

歷來詩評家總謂阮籍詩文語多隱喻象徵（或言其多興比），是故本節擬就《詠懷》詩中所云來闡述其隱喻世界的內涵。

關於阮籍的《詠懷》詩，《文選》李善注云：「嗣宗身仕亂朝，常恐罹謗遇禍，因茲發詠，故每有憂生之嗟。雖志在刺譏，而文多隱避，百代之下，難以情測。故粗明大意，略其幽旨也。」[9]《晉書・阮籍傳》說嗣宗「本有濟世志，屬魏晉之際，天下多故，名士少有全者，籍由是不與世事，遂酣飲為常。」從「本有濟世志」到「不與世事」，而至「酣飲為常」，可見阮籍有一個曲折而痛苦的生

9　梁・蕭統撰，唐・李善等注，《增補六臣注文選》卷二十三，臺北：華正書局，1980年。

命歷程。這一生命歷程的酸苦艱辛之感慨皆寄託於阮籍的詩文之中，然因其「文多隱避，百代之下，難以情測」，故又每每引人興起一探其奧之思。

　　質言之，阮籍早年的「志尚好《書》、《詩》」實可說是他憂悶酸辛的一生的隱喻。職是，以下將藉由阮籍詩歌的賞析來加以說明。

（一）阮籍「志尚好《書》、《詩》」的初衷

　　《左傳》僖公二十七年曰：「《詩》、《書》，義之府也。」而在孔子的體驗裡，「不學《詩》，無以言」、「不學《禮》，無以立」（《論語·季氏》）。那麼，高呼「禮豈為我輩設也！」（《世說新語·任誕》）的阮籍，對以《詩》、《禮》為首的經典世界，他的體驗又是什麼呢？關於這個問題，我們可從阮籍五言《詠懷》第十五首[10]詩中來索解。其詩云：

> 昔年十四五，志尚好《書》《詩》。
> 被褐懷珠玉，顏閔相與期。
> 開軒臨四野，登高望所思。
> 丘墓蔽山岡，萬代同一時。
> 千秋萬歲後，榮名安所之？
> 乃悟羨門子，噭噭今自蚩。

從這首詩的語氣可知，這是阮籍在晚年時對自己過往的心思懷抱整理後的一種感悟語。至於這首詩的意蘊，清人何焯說：

---

10 本文所引用之阮籍《詠懷》詩的原文和次第，乃參照《阮籍詠懷詩注》和《竹林七賢詩文全集譯注》（詳參考書目）這兩書的版本，下不贅言。

此言少時敦悅《詩》、《書》，期追顏、閔，及見世不可為，
乃蔑禮法以自廢，志在逃死，何暇顧及身後之榮名哉！今悟
安期羨門，亦遭暴秦之代詭託神仙爾。[11]

何焯認為，阮籍少時雖以顏、閔為其仰止的標的，但因見世不可以
有為，乃蔑禮法而狂放自廢，志在逃死，故無暇顧及身後之榮名，
並因此覺悟了安期羨門求神仙、作神仙的緣由。何焯的說法大致
無誤。

進而言之，阮籍在第十五首詩裡對其早年「志尚好《書》、
《詩》」的表述，其實是個隱喻。《論語・雍也》所謂：「子曰：『知
之者，不如好之者；好之者，不如樂之者。』」能「好之」，才會積
極地去追求。因此，阮籍在這裡所要表述的應是：因為早年對
《詩》、《書》等經典所傳達的有關古代聖賢的意義世界的喜好與嚮
往，所以才會以顏、閔為其仰止的標的，而積極地去追求，希望能
重現那一個意義世界。職是，詩文所謂的「《書》、《詩》」，我們就
不能只是狹隘地看成《詩》與《書》這兩部經典。就中國士子而
言，立志是多麼重要的一件事。孔子說：「吾十有五而志於學」
（《論語・為政》），而朱熹注云：「古者十五而入大學。心之所之謂
之志。此所謂學，即大學之道也。至乎此，則念念在此而為之不厭
矣。」[12]由此看來，阮籍早年亦有孔子之志，亦即以聖賢之志為
志，此所以他要凸顯早年對《詩》、《書》的愛好。那麼，阮籍在
《詩》、《書》等經典所顯露的意義世界中，究竟有什麼體驗呢？

---

11 鍾京鐸注，《阮籍詠懷詩注》（臺北：學海出版社，2002年），頁78。
12 宋・朱熹，《四書章句集註》（臺北：鵝湖出版社，2000年），頁54。

　　阮籍在其四言《詠懷》第八首詩裡曾經表述了他對經典的意義世界的體悟。其詩云：

　　　　日月隆光，克鑒天聰。
　　　　三后臨朝，二八登庸。
　　　　升我俊髦，黜彼頑凶。
　　　　太上立德，其次立功。
　　　　仁風廣被，玄化潛通。
　　　　幸遭盛明，睹此時雍。
　　　　棲遲衡門，唯志所從。
　　　　出處殊塗，俯仰異容。
　　　　瞻歎古烈，思邁高蹤。
　　　　嘉此箕山，忽彼虞龍。

從此詩的前五句顯然可見，阮籍十分嚮往上古堯、舜、禹三代君明臣賢的太平治世。他以「日月隆光」喻「三后臨朝」，對「仁風廣被，玄化潛通」的德治欽羨不已。值得注意的是，在此欽羨中，他卻發出「出處殊塗，俯仰異容」這樣的聲音。這正是阮籍在經典世界中的體悟。阮籍在詩末嘉許許由而輕蔑虞龍，正見其欲忠於自己的人生抉擇。這一抉擇，可說是受了顏、閔二人的影響。
　　阮籍在五言《詠懷》第十五首中說希望能向顏淵和閔子騫二人看齊，實在頗富深意。對顏、閔二人，司馬遷的描述是：「孔子曰：『賢哉！回也。一簞食，一瓢飲，在陋巷，人不堪其憂，回也不改其樂。回也如愚，退而省其私，亦足以發。回也不愚，用之則

行，捨之則藏。唯我與爾有是夫！」」[13]又「孔子曰：『孝哉！閔子
騫。人不閒於其父母昆弟之言。不仕大夫，不食汙君之祿。』」[14]
司馬遷在《史記》裡特別凸顯其賢與孝，以及顏淵「用之則行，捨
之則藏」和閔子騫「不仕大夫，不食汙君之祿」的處世之道，可見
司馬遷對此二人崇仰之情。準此，阮籍所期許自己的應當即如司馬
遷此處所描述的顏淵的賢與閔子騫的孝。根據我們的理解，顏、閔
二人皆以德行著稱，且均安貧樂道。那麼，阮籍特別提到顏、閔二
人，而在此四言《詠懷》第八首詩中又標舉出「太上立德，其次立
功」，其寓意不可謂不深。

又，阮籍四言《詠懷》第十首詩云：

> ⋯⋯⋯⋯，⋯⋯⋯⋯。
>
> 君子邁德，處約思純。
> 貨殖招譏，簞瓢稱仁。
> 夷叔採薇，清高遠震。
> 齊景千駟，為此埃塵。
> 嗟爾後進，茂茲人倫。
> 蓽門圭竇，謂之道真。

阮籍於此藉由端木賜和顏淵、齊景公和伯夷的行止對比法來彰顯立
德的重要。他在這裡所用的典故，乃是化用《論語》中的陳述。
《論語·季氏》云：「齊景公有馬千駟，死之日，民無德而稱焉；

---

13 日·瀧川龜太郎，《史記會注考證》卷六十七，臺北：漢京文化公司，1983年。
14 同注13。

伯夷、叔齊餓於首陽之下，民到於今稱之。」伯夷、叔齊之所以受
到人民的稱頌乃在於有德，那麼，這德的內涵是什麼呢？子曰：
「不降其志，不辱其身，伯夷、叔齊與！」（《論語‧微子》）又
「不念舊惡，怨是用希。」（《論語‧公冶長》）孔子謂夷、齊「求
仁而得仁，又何怨。」（《論語‧述而》）朱注云：「蓋伯夷以父命為
尊，叔齊以天倫為重。其遜國也，皆求所以合乎天理之正，而即乎
人心之安。既而各得其志焉，則視棄其國猶敝蹝爾，何怨之有？」[15]
子曰：「見善如不及，見不善如探湯。吾見其人矣，吾聞其語矣。
隱居以求其志，行義以達其道。吾聞其語矣，未見其人也。」（《論
語‧季氏》）朱注云：「真知善惡而誠好惡之，顏、曾、閔、冉之
徒，蓋能之矣。」「求其志，守其所達之道也。達其道，行其所求
之志也。蓋惟伊尹、太公之流，可以當之。」[16]孔子所嘉許的人，
常出現在阮籍的詩文中，而阮籍在此強調「君子邁德，處約思純」
的可貴，正足以看出他以古賢人的德性為其人生價值追求的標的。
是故此詩明為勸進後學，實亦含有作者自勉的意蘊。

　　關於立德一事，《左傳》襄公二十四年：「豹聞之：『大上有立
德，其次有立功，其次有立言。』雖久不廢，此之謂不朽。」孔穎
達疏：「大上、其次，以人之才知淺深為上、次也。大上，謂人之
最上者，上聖之人也；其次，次聖者，謂大賢之人也；其次又次，
大賢者也。立德，謂創制垂法，博施濟眾，聖德立於上代，惠澤被
於無窮，故服（虔）以伏羲、神農，杜（預）以黃帝、堯、舜當
之，言如此之類，乃是立德者也。……禹、湯、文、武、周公與孔

15　同注12，頁97。
16　同注12，頁173。

子，皆可謂立德者也。立功，謂拯厄除難，功濟於時，故服、杜皆
以禹稷當之，……立言，謂言得其要，理足可傳，……老、莊、
荀、孟、管、晏、楊、墨、孫、吳之徒，制作子書；屈原、宋玉、
賈逵、揚雄、馬遷、班固以後，撰集史傳及制作文章，使後世學
習，皆是立言者也。」[17]

　　古者所謂立德、立功和立言這三不朽，其實也在阮籍心中生根
孳長。這從上述他對立德的稱頌之外，還對立功方面有一些慷慨激
昂的表述可知。如其五言《詠懷》第三十九首詩云：

　　　　壯士何慷慨，志欲威八荒。
　　　　驅車遠行役，受命念自忘。
　　　　良弓挾烏號，明甲有精光。
　　　　臨難不顧生，身死魂飛揚。
　　　　豈為全軀士？效命爭戰場。
　　　　忠為百世榮，義使令名彰。
　　　　垂聲謝後世，氣節故有常。

又，其五言《詠懷》第六十一首詩云：

　　　　少年學擊刺，妙伎過曲城。
　　　　英風截雲霓，超世發奇聲。
　　　　揮劍臨沙漠，飲馬九野坰。

---

17 晉‧杜預注，唐‧孔穎達疏，《左傳注疏》(《十三經注疏》，臺北：藝文印書館，
　1989年)，頁609。

旗幟何翩翩，但聞金鼓鳴。

軍旅令人悲，烈烈有哀情。

念我平常居，悔恨從此生。

阮籍在上引的這兩首詩裡表露了他年輕時期的理想——盡忠報國，威震八荒。阮籍這樣的懷抱後來是如何被消解的呢？從上述五言《詠懷》第六十一首詩中可知，敏感的詩人阮籍在軍旅征戰中看到了戰爭的殘酷與無情，這使得他在晚年否定了年少時候的理想懷抱，因此乃有「念我平常居，悔恨從此生」之言。

由上述可知，阮籍對《詩》、《書》等經典世界的體驗，使他早年亦以立德、立功為其理想，並以「君子邁德，處約思純」為其立身行事的準則。

三　阮籍「寧與燕雀翔，不隨黃鵠飛」的抉擇

如前所述，阮籍早年確有濟世志，那麼究竟是什麼因素導致他不踐履其志而寧作一個平凡人呢？阮籍五言《詠懷》第八首詩云：

灼灼西隤日，餘光照我衣。

迴風吹四壁，寒鳥相因依。

周周尚銜羽，蛩蛩亦念飢。

如何當路子，磬折忘所歸？

豈為夸譽名？憔悴使心悲。

寧與燕雀翔，不隨黃鵠飛。

黃鵠游四海，中路將安歸？

關於這首詩，一般以為它是阮籍有感於魏末官場現狀而發的。比如
《文選》張銑即注云：「隤日，喻魏也，尚有餘德及人。迴風，喻
晉武；四壁，喻大臣；寒鳥，喻小人也。」[18]不過，葉嘉瑩卻認為
張銑解釋得太拘執了點。[19]在她看來，沈約的解釋更值得注意，沈
約說：「天寒，即飛鳥走獸尚知相依，周周銜羽以免顛仆，蛩蛩負
蟨以美草，而當路者知進趨，不念暮歸，所安為者，惟夸譽名，故
致憔悴而心悲也。」[20]（《文選》李善注引）意謂「天在寒冷的時
候，在危險、艱難、痛苦的環境之中的時候，即使是一隻飛鳥、走
獸，不是萬物之靈的人類，牠們還知道要仔細地顧及到如何保全自
己呢，所以，一個人處在危亡、變亂的朝代更迭的時候，如何保全
自己的生命，如何保全自己品格的清白，這是人生一個非常重要的
考驗，也是一個非常重要的課題。」[21]因此，葉嘉瑩認為沈約的解
釋闡述了阮籍詩文的寓意。

葉嘉瑩進一步指出：「阮嗣宗在這首詩中表示了兩個意思：一
個意思是說我不肯學『當路子』之磬折忘歸；另一個意思是說我也
不敢學黃鵠的高飛遠舉。那我要做什麼呢？我只要做一個燕雀一樣
的平凡的人就是了。」[22]因此，阮籍所提問的「黃鵠游四海，中路
將安歸？」意謂：「如果我們要想像黃鵠一樣有這種高飛遠舉的志
向，要想完成這樣偉大的事業，是需要有一個安寧的社會客觀條件
的。然而，在這個危亂、動盪的時代是不允許我們實現這種懷抱

---

18 同注9，頁421。
19 同注2，頁192。
20 同注18。
21 同注2，頁196。
22 同注2，頁208。

的,那麼,我們中途迷失了、失敗了,我們將要何所歸往呢?」[23]
故「我之不肯學當路子,哪裡是為了一個清高的名聲,只是因為那
些當路子下場之憔悴使我心悲。那麼我要過什麼樣的生活呢?『寧
與燕雀翔』,我寧可作一個最平凡的人,只要能夠保全過這種安定
的生活,我不存什麼高飛遠舉的志願。」[24]葉嘉瑩在這裡的詮解可
說是相應於阮籍的心意。然而,我們更關心的是,對早年「志尚好
《書》、《詩》」的阮籍來說,他會做出「寧與燕雀翔,不隨黃鵠
飛」的抉擇必然是經過某種掙扎,那麼,他是經過什麼樣的心理掙
扎才做出如此的抉擇呢?

　　阮籍之所以做出「寧與燕雀翔,不隨黃鵠飛」的抉擇,乃因當
他意欲實踐《詩》、《書》等經典意義時卻發現單憑一己之力並不能
夠扭轉乾坤,同時又看到那些當路子下場之憔悴,故隨之而來的失
落,導致他做了這樣的抉擇。關於這點,我們可從阮籍的詩文中尋
繹得之。如其四言《詠懷》第一首詩云:

　　…………,…………。
　　感時興思。企首延佇。
　　於赫帝朝。伊衡作輔。
　　才非允文。器非經武。
　　適彼沅湘。托介漁父。
　　優哉游哉。爰居爰處。

---

23 同注22。
24 同注2,頁207。

從這首詩裡我們看到，阮籍藉由屈原流放沅湘之典故來隱喻自己既無文才，又乏武略，如何能夠思齊伊尹佐湯伐夏桀的功業。這一對自我的認識和夙志實踐無望的失落，導致他轉而思企屈原所言之漁父境界，亦即只有選擇讓生命安處於悠遊淡漠之中才是人生的真諦。

　　對於夙志之不能實現，阮籍當然是悲傷滿懷的，故其五言《詠懷》第三十五首詩即云：「世務何繽紛，人道苦不遑。壯年以時逝，朝露待太陽。願攬羲和轡，白日不移光。天階路殊絕，雲漢邈無梁。」顯見阮籍欲有所為而又難以作為的苦悶。這使他不斷地要去提問：「誰能秉志？」如其四言《詠懷》第四首詩云：

> …………，…………。
> 感往悼來，懷古傷今。
> 生年有命，時過慮深。
> 何用寫思？嘯歌長吟。
> 誰能秉志？如玉如金。
> 處哀不傷，在樂不淫。
> 恭承明訓，以慰我心。

這是阮籍述懷解憂之作。他在詩中化用了《詩經》與《論語》的典故。《詩・邶風・泉水》云：「駕言出遊，以寫我憂。」毛傳：「寫，除也。」鄭玄箋：「我心寫者，舒其情意，無留恨也。」《文選》張華《勵志詩》：「吉士思秋，實感物化。」李善注：「思，悲也。」換言之，阮籍在此詩中思維的是：如何排除我不能實踐夙志的悲傷而沒有憾恨呢？於是，他在《論語》中找到答案。《論語・八佾》：「子曰：『《關雎》，樂而不淫，哀而不傷。』」朱熹注：「淫

者,樂之過而失其正者也。傷者,哀之過而害於和者也。」[25]阮籍
對孔子的企慕,從其《孔子誄》的撰成可知。而且如前所述,阮籍
在《詩》、《書》等經典的陶養中常以孔子之言為其追求與實踐的價
值,故阮籍在此直言「處哀不傷,在樂不淫。恭承明訓,以慰我
心。」在他的體驗裡,只有經典聖賢(此即指孔子)之言足以撫慰
他存在受挫的心靈。如其四言《詠懷》第六首詩即云:「人誰不
設?貴使名全。大道夷敞,蹊徑爭先。玄黃塵垢,紅紫光鮮。嗟我
孔父,聖懿通玄。非義之榮,忽若塵烟。雖無靈德,願潛於淵。」
阮籍明白表示願效孔子之德,不顧「非義之榮」。

　　經典的意義世界對阮籍的影響,還可從其五言《詠懷》第十六
首詩中尋繹。其詩云:

> 徘徊蓬池上,還顧望大梁。
> 綠水揚洪波,曠野莽茫茫。
> 走獸交橫馳,飛鳥相隨翔。
> 是時鶉火中,日月正相望。
> 朔風厲嚴寒,陰氣下微霜。
> 羈旅無儔匹,俯仰懷哀傷。
> 小人計其功,君子道其常。
> 豈惜終憔悴,詠言著斯章。

當阮籍漫步蓬池古澤,眺望大梁遺跡時,他心中所聯想到的應該是
戰國時期秦將王賁攻魏,決黃河及大溝水灌大梁,城毀這一段歷

史。古往今來，撫今追昔，在這段歷史的緬懷中，想必阮籍也聯想
到魏晉當時的局勢。故如何焯即認為「是時鶉火中」詩句用春秋晉
滅虢事，是在暗喻嘉平六年九月、十月之際，司馬師廢魏帝曹芳為
齊王，另立高貴鄉公事。[26]身處亂世的阮籍驚覺自己竟是個踽踽獨
行的羈旅人，對於國事無能為力，這樣的感知不能不在心裡產生很
大的撞擊，於是乎阮籍便想到了應該如何做人。顯然，經典意義在
他心裡生了根，他馬上想到的是「小人計其功，君子道其常」，並
以「詠言著斯章」宣示自甘終身憔悴，也要效法君子「道其常」。

　　綜上可知，阮籍「寧與燕雀翔，不隨黃鵠飛」的抉擇，其實是
在經典價值與現實困境的衝突下所做出的。雖然濟世不成，他仍願
像「君子道其常」般做個平凡人以保其志。

四　阮籍「終身履薄冰，誰知我心焦」的苦悶

　　如前所述，阮籍雖然身處亂世亦常以經典價值自勉自勵，但
是，不可諱言的是，生值危亡、變亂之際，保身尚且艱難，更遑論
持志自守，此所以悲懷辛酸苦悶充溢阮籍詩中。如其五言《詠懷》
第三十三首詩云：

> 一日復一夕，一夕復一朝。
> 顏色改平常，精神自損消。
> 胸中懷湯火，變化故相招。
> 萬事無窮極，知謀苦不饒。

---

26 同注11，頁83。

　　但恐須臾間，魂氣隨風飄。

　　終身履薄冰，誰知我心焦？

從此詩中，我們感受到阮籍那充滿了濃厚的存在憂慮。其言「履薄冰」是整首詩的隱喻。《詩・小雅・小旻》云：「戰戰兢兢，如臨深淵，如履薄冰。」朱熹注：「如臨深淵，恐墜也；如履薄冰，懼及其禍之詞也。」這恰是阮籍心情的真實寫照。阮籍處身司馬氏獨掌生殺大權之際，既想恪守其志，又要能夠全身以退，這當中的艱難取捨所引起的存在困境，正是造成他「顏色改平常，精神自損消」的主因。因此，當阮籍面臨「萬事無窮極，知謀苦不饒。但恐須臾間，魂氣隨風飄」的困境時，他最需要的是知己的撫慰，所以他在詩末提問：有誰能夠知道我心中的煩憂和焦慮呢？《世說新語・德行》云：「晉文王稱阮嗣宗至慎，每與之言，言皆玄遠，未嘗臧否人物。」[27]由於阮籍不敢在司馬昭面前批評人物的高下優劣，只能暢言玄遠之思，遂有「至慎」之譽。此詩曰：「終身履薄冰」，恰昭其慎也。

　　心中的煩憂和焦慮之所以無人知曉，有時候是無人可傾訴，但有時候是不能對人說，而前者在心靈上所造成的酸苦又高於後者。那麼，阮籍心靈的苦楚究竟是屬於哪一種呢？關於這個問題，其五言《詠懷》第三十四首詩曾經述及。其詩云：

　　一日復一朝，一昏復一辰。

　　容色改平常，精神自飄淪。

　　臨觴多哀楚，思我故時人。

---

27 徐震堮，《世說新語校箋》（臺北：文史哲出版社，1989年再版），頁10。

> 對酒不能言，悽愴懷酸辛。
> 願耕東皋陽，誰與守其真？
> 愁苦在一時，高行傷微身。
> 曲直何所為？龍蛇為我鄰。

如前所述，阮籍其實是由對外在世界的強烈懷疑，進而引生了他對如何確立自我價值的普遍懷疑，故於此說「對酒不能言」直接地表述了他的存在困境。從詩意可知，阮籍深知以卑微之軀欲踐高德之行之終致憔悴一生的景況，也願意選擇如是的存活方式，但問題是：在這爭鬥不斷的宦海裡，我雖願選擇躬耕生活，不再涉足仕途，以保夙好《詩》、《書》之志，但又有誰能夠與我懷抱同樣的想法，視守真為一價值呢？人生的價值究竟為何？《詩》、《書》等經典裡的意義世界難道不再能安頓讀書人的生命嗎？我以為，這樣的疑惑正是「曲直何所為？」所蘊含的意思，在這一提問下，阮籍乃做出願像龍蛇那樣蟄伏存身地屈身塵世與時俯仰。

阮籍欲有所為而又難以作為的苦悶亦表現在其五言《詠懷》第三十五首詩裡。其詩云：

> 世務何繽紛，人道苦不遑。
> 壯年以時逝，朝露待太陽。
> 願攬羲和轡，白日不移光。
> 天階路殊絕，雲漢邈無梁。
> 濯髮暘谷濱，遠遊崑嶽傍。
> 登彼列仙岨，採此秋蘭芳。
> 時路烏足爭？太極可翱翔。

面對塵世紛亂、壯年已逝的現實，儘管阮籍仍然懷有力挽時光的雄心壯志，然而天階殊絕，雲漢無梁，無力回天，於是使他轉而寄情於避世遊仙。詩末所謂「時路烏足爭？太極可翱翔。」道出了阮籍不甘隨俗的另一抉擇。

　　神仙世界雖然是當時士子們心所棲息之地的選擇之一，然而，這一神仙世界果真能夠撫慰阮籍重挫的心靈嗎？阮籍五言《詠懷》第七十九首詩云：

> 林中有奇鳥，自言是鳳凰。
> 清朝飲醴泉，日夕棲山岡。
> 高鳴徹九州，延頸望八荒。
> 適逢商風起，羽翼自摧藏。
> 一去崑崙西，何時復回翔？
> 但恨處非位，愴恨使心傷。

顯然，詩中說的是遭遇商風而折翼潛藏的鳳凰鳥，實則隱喻存在受挫的阮籍。阮籍問鳳凰鳥「一去崑崙西，何時復回翔？」其實是捫心自問。鳳凰鳥因「處非位」而遇風折翼，正如阮籍亦因身「處非位」而致心神受創。如前所述，阮籍曾因存在受挫而嚮往那神仙世界，然而，神仙世界終究不能撫慰其受挫的心靈，所以在此他要追問鳳凰鳥「一去崑崙西，何時復回翔？」亦即這是他對自己復歸人間世的提問。

　　對於身處亂世的中國士子來說，出與處的抉擇是無可迴避的。阮籍也同樣面臨這一生命的歷程。他於五言《詠懷》第四十一首詩云：

天網彌四野，六翮掩不舒。
隨彼紛綸客，汎汎若浮鳧。
生命無期度，朝夕有不虞。
列仙停修齡，養志在沖虛。
飄颻雲日間，邈與世路殊。
榮名非己寶，聲色焉足娛。
採藥無旋返，神仙志不符。
逼此良可惑，令我久躊躇。

這首詩可說是阮籍心靈深處的剖白。在「生命無期度，朝夕有不虞」的存在困境裡，阮籍發現昔日以踐履聖賢志業為其價值的意義世界不再能安頓此刻的生命，誰料轉而求助神仙世界亦不得安身，那麼，世間還有什麼價值是足以安頓生命的呢？「逼此良可惑」從阮籍筆尖迸出，誠可謂痛徹心扉。我以為，正是這生命意義的失落之感令阮籍「久躊躇」，乃至「夜中不能寐」（五言《詠懷》第一首）。

顯然，阮籍此刻所面臨的是意義失落的困境。這樣的苦悶究竟該如何排解呢？關於這點，我們可從阮籍五言《詠懷》第六十首詩中索解。其詩云：

儒者通六藝，立志不可干。
違禮不為動，非法不肯言。
渴飲清泉流，饑食并一簞。
歲時無以祀，衣服常苦寒。
屣履詠《南風》，緼袍笑華軒。

信道守《詩》《書》，義不受一餐。

烈烈襃貶辭，老氏用長歎。

這首詩表述了阮籍對儒家的理解。首先，阮籍強調通貫《詩》、《書》、《禮》、《樂》、《易》、《春秋》等六經之儒者首重在其立志，故能安貧樂道，於貧困之中仍能歌誦虞舜《南風》之詩，以示其心繫民間疾苦，並信守《詩》、《書》之義。如前所述，阮籍也曾「志尚好《書》、《詩》」，但因身處非位，保身已屬艱難，更遑論濟世之志。因此，他在這裡對於胸懷宏志，恪守禮法，安貧樂道，濟世為民的儒者氣節的描述，實則隱喻了他對「富貴不能淫，貧賤不能移，威武不能屈」的儒者高志的景慕。其次，阮籍在詩末以老子長歎作結，則是別具深意。史載孔子曾問禮於老聃。依《莊子・天道》所載，老子問孔子《十二經》義理之要為何，孔子答以「要在仁義」。孔子說：「君子不仁則不成，不義則不生。仁義，真人之性也。」然而，在老子看來，「仁義，先王之蘧廬也，止可以一宿而不可以久處，覯而多責。」（《莊子・天運》）「夫仁義憯然乃憤吾心，亂莫大焉。」（同前）因此，老子認為孔子謂「仁義，真人之性也」的說法有損於人的自然天性，故歎曰：「意！夫子亂人之性也。」（《莊子・天道》）然則，阮籍在詩末以老子長歎作結是否意味著他對儒家仁義之學轉為否定呢？

誠如沈德潛所說：「儒者守義，老氏守雌，道既不同，宜聞言而長歎也。魏晉人崇尚老、莊，然此詩言各從其志，無進退兩家意。」[28]我們從詩中的確看不到阮籍對儒、道二家論其高下之語。

---

28 同注11，頁298。

值得注意的是，儒者守義，乃是來自對《詩》、《書》等經典意義世界的體驗，而阮籍在經典世界的薰習亦不可謂不深，那麼，阮籍在此雖然只是點出儒、道二家所持守的價值的不同，可能也還含藏著：對於生命意義的追尋，除了從儒家所代表的經典意義世界之外，應該還有不同的意義世界可追求吧！因此，我們從上述所析論的詩裡才會看到阮籍也曾轉向老、莊義理所顯的意義世界和神仙世界去尋求安頓生命的住所。當然，我們也看到，那兩個世界終究不能讓阮籍作永久的居留。

綜上言之，阮籍從「志尚好《書》、《詩》」到「寧與燕雀翔，不隨黃鵠飛」的痛苦抉擇，正因為他本有志於踐履《詩》、《書》等經典所顯露的聖賢意義世界，亦即古者所謂立德、立功和立言這三不朽境界，但事與願違；入世不能，求諸出世，卻又不得其志，所以導致他一生的酸辛悲懷。

五　文學與意義治療

如眾所知，古代並沒有現代所謂的心理諮商師可以來幫助你，一切全憑自己的開悟與調適。那麼，現在我們又怎麼能夠藉由《詠懷》詩組來探討文學與意義治療的相關課題呢？如前所述，阮籍《詠懷》詩組顯露了阮籍存在的悲感和對生命意義的追尋，而弗蘭克認為文學本身就涉及人類精神危機的課題，就弗蘭克的學說來看，阮籍所面臨的困境正是一種精神危機，這即是說，阮籍是需要被治療者。

《詩經‧小雅‧車舝》云：「高山仰止，景行行止」。這是中國士子奉為圭臬的修身法則，也是人生價值之所在。因此，倘若無高

山可仰，又無賢者可思，則我們將無所措手足，而不知如何安頓生命。這時就會產生精神生命的危機。我們從《詠懷》詩中看到阮籍的一生就在這種危機之中存活。如前所述，阮籍原來以實踐《詩》、《書》等經典所顯露的聖賢意義世界為其生命的意義，後來又曾轉向老、莊義理所顯的意義世界和神仙世界去尋求安頓生命的住所。在生命的歷程中，阮籍不斷地對生命的意義進行提問：「有始有終，誰能久盈？」（四言《詠懷》其五）「誰能秉志？如玉如金。」「千秋萬歲後，榮名安所之？」「人誰不設？貴使名全。」「徘徊將何見？憂思獨傷心。」這樣一連串的追問即顯現出阮籍一生的愁苦乃在於生命意義的追尋與實現中難免失落無端。

　　誠如弗蘭克所指出的：「人可以裝作不能選擇，被動地聽從環境的安排，可以選擇不要任何自由的權力，但實質上，他仍然是有選擇自由的，他不可能完全擺脫自己的選擇，什麼也不選擇恰恰就是他的選擇。因而也體現了一種生命的意義。生命的潛能就在於人的選擇，人的意志自由。人的獨特性和唯一性不是現存的、固定的，而是因為人的不斷造成個性的行為選擇、他的變化過程。一個靜止不變的人是一個沒有生命的人，也是一個不可能對自己負責任的人」。[29]從這個角度看阮籍在人生價值上的選擇，或尚儒，志懷入世，或遊仙，遁名棄世，在在體現了一種生命的意義——物理生命雖然脆弱，然而精神生命卻堅毅無比，無論任何現實嚴酷的挑戰與試煉，終將直探生命意義之門以實踐之。看阮籍每於存在受挫之際，就想起史載的伯夷、叔齊，《楚辭》裡的屈原、漁父，乃至《論語》中的孔子、顏淵等等古代聖賢的行止，然後終能發現生命

---

29 同注6，頁89。

的意義而做出適己的選擇，我們就曉得了何以弗蘭克說：「生命的
潛能就在於人的選擇，人的意志自由」。

　　弗蘭克以為，「人必須從三方面去接受他的有限性：他必須面
對三個事實，第一：他失敗了；第二：他正在受苦；第三，他終將
死亡」，[30]然後在其中發現生命的意義。弗蘭克說：「生命可以由三
種方式來肯定其意義，其一：藉著對生命的付出與奉獻（如我們的
創造成就）；其二：透過我們對於世界的感受（如我們對價值的體
認）；其三：端賴吾人對那不可改變之命運所持的態度而定（如不
治之疾，必死的癌症等等）。不過，除了這第三點之外，人還得面
對他的諸多存在情境，包括我所謂的『人類存在的悲劇三要素』：
痛苦、死亡與罪惡。而所謂痛苦，是即受難，其餘二者即人之必死
與墮落」，[31]如前言所述，對一個面臨精神危機的病人，「意義治療
專家可以藉意義與價值的擴大，來拓展病人的視野。於是病人在逐
漸覺醒的過程中，最後也許終可發現生命隨時都握有、且保留著一
份意義，直到最後的一刻」。準此，我們可以說阮籍透過詩歌的創
作進行了自我的意義治療。

　　有關詩歌所具有的功能，梁‧鍾嶸在《詩品》中說：

　　　嘉會寄詩以親，離群託詩以怨。至於楚臣去境，漢妾辭宮；
　　　或骨橫朔野，或魂逐飛蓬；或負戈外戍，或殺氣雄邊；塞客
　　　衣單，孀閨淚盡；或士有解佩出朝，一去忘返；女有揚蛾入
　　　寵，再盼傾國。凡斯種種，感蕩心靈，非陳詩何以展其義，

30　同注5，頁24。

31　同注5，頁15。

> 非長歌何以騁其情。故曰：「詩可以群，可以怨。」使窮賤
> 易安，幽居靡悶，莫尚於詩矣。故詞人作者，罔不愛好。[32]

鍾嶸在這裡指出，歷來的詞人作者之所以愛寫詩、誦詩，乃因詩歌能「使窮賤易安，幽居靡悶」。換言之，以詩為首的文學，可以安頓我們的生命，讓我們抒展精神上的苦悶。

我們看到阮籍把他從「有濟世志」到「不與世事」，而至「酣飲為常」之生命歷程的酸苦艱辛皆表露於其《詠懷》詩中，這即證明了阮籍在創作中肯定了生命的意義，此所以他要說：「小人計其功，君子道其常。豈惜終憔悴，詠言著斯章」。

弗蘭克以為，文學所表明的道理與意義治療的原理是一致的。語言的對象性與自我超越性與人類存在的自我超越性[33]是一個道理。因此，在他看來，作家與文學評論家的歷史使命絕不應侷限於暴露自我，而是應傳達自己對生命的意義與價值的體驗。他指出，「文學是有所選擇的。文學不應僅僅成為大眾精神官能症的一種症狀，而且同樣可以為心理治療作出某種貢獻。至少文學應當向人們揭示那種普遍蔓延的空虛感和痛苦所具有的意義，並使陷入那種痛苦的人們藉助心靈的痛苦來戰勝自己，發現痛苦的意義。從中認識到自己與他人的聯繫，感覺到自己不是孤獨的」。[34]準此，我們要問的是，阮籍的《詠懷》詩，是否也可以為心理治療作出某種貢獻

---

32 王叔岷，《鍾嶸詩品箋證稿》（臺北：中央研究院中國文哲研究所，1992年），頁77。

33 他所謂的「人存在的自我超越性」，即指發現生命的意義應當到現實世界中去，而不是在人的彷彿自成一個封閉系統的內心世界中尋找。同注6，頁93。

34 同注6，頁240。

呢？如果是，那麼它是以何種方式來進行的呢？

　　誠如弗蘭克所說，「書籍是一種很好的心理治療物。一本好書可以防止人們去自殺，決定人們以後的生活。」[35]如前所述，當阮籍憂思滿懷，躊躇不前時，正是《詩》、《書》、《莊》、《騷》等經典所提供的意義世界療治了他的精神困惑，然後他將這一生命歷程的探問化成詩篇，展現了他在抉擇中所顯的生命意義。從意義治療學的觀點來看，阮籍的《詠懷》詩基本上具有自療療人的功能。

　　關於阮籍的《詠懷》詩可以為心理治療作出某種貢獻這一點，我們可以藉由庾信的《擬詠懷》[36]詩來加以說明。其詩云：

> 步兵未飲酒，中散未彈琴。
> 索索無真氣，昏昏有俗心。
> 涸鮒常思水，驚飛每失林。
> 風雲能變色，松竹且悲吟。
> 由來不得意，何必往長岑。

庾信有二十七首《擬詠懷》詩，從題目上看，庾信的《擬詠懷》詩顯然是對阮籍《詠懷》詩的效仿之作。庾信為什麼要效仿阮籍之詩作呢？他是純然出於美感的欣賞而有效仿之作，還是他是別有懷抱而起效仿之思呢？依史載，阮籍和庾信生活的時代有一共同點，就是政治上的爭鬥極為激烈，任意草菅人命。阮籍生活在魏晉易代之際，司馬氏的高壓政治使文人朝不保夕，「名士少有全者」（《晉書·

---

35 同注6，頁241。

36 逯欽立，《先秦漢魏晉南北朝詩》（下）（臺北：學海出版社，1984年），頁2367。

阮籍傳》），嵇康被殺就是一個最好的例證。反觀庾信，他生活在南北朝政權頻繁更迭的時期，由梁入仕北朝後，北朝皇帝王公之間的爭權奪利，乃至相互屠殺，時有發生。在亂世中，阮籍和庾信都無法實現他們的理想，而庾信更有屈辱失節的痛楚，二人雖然保全了生命，卻須忍受精神上極大的痛苦和煎熬，自然會產生矛盾的心理。《詠懷》和《擬詠懷》詩正是阮籍、庾信矛盾心理的具體體現。

　　進一步說，由於庾信的處境與阮籍、嵇康相似，容易產生同情的理解，所以常以阮籍、嵇康自比，但又深知自己覥顏事敵，事實上難以攀附二人的高韻，故於詩首云：「步兵未飲酒，中散未彈琴」，意謂嵇、阮的「自然高邁」（《世說新語‧德行》注引《魏氏春秋》），對比自己的表裡不一，無異於凡俗。庾信在此詩中借用《莊子‧外物》裡涸鮒思水的典故來比喻他處境的窮困，又借崔駰上諫，為竇憲所不容，乃出為長岑長（《後漢書‧崔駰傳》）的典故來表述人未必被責罰排擠到遠地才算不得意，以明自己雖然在長安受到禮遇，但內心仍有南思之痛。因為庾信由南仕北，也深得北朝統治者的器重，所以其《詠雁》詩云：「南思洞庭水，北想雁門關。稻粱俱可戀，飛去復飛還」[37]，正寫出了詩人徘徊不定的矛盾心理。

　　嚴格來說，阮籍和庾信在其詩中所表述的矛盾心理內容是不一樣的，但不可否認的是，庾信每每於其詩中自比阮籍，可見阮籍是他所仰止的對象，那麼，阮籍《詠懷》詩中所顯之意義世界必然對他有所啟發。因此，我們可以說，阮籍的《詠懷》詩對庾信起了意義治療的作用，而庾信也在《擬詠懷》詩的寫作中發現了生命的意義。

37　同注36，頁2408。

六　結論

　　依史載，阮籍有一曲折的生命歷程，即從「本有濟世志」到
「不與世事」，而至「酣飲為常」。這一生命歷程中所產生的種種憂
思感慨，阮籍將它託寄於《詠懷》詩組中。顯然可見，阮籍早年的
「志尚好《書》、《詩》」實可說是他憂悶酸辛的一生的隱喻。簡言
之，阮籍本有志於踐履《詩》、《書》等經典所顯露的聖賢意義世
界，亦即古者所謂立德、立功和立言這三不朽境界，但事與願違，
遂使他做出「寧與燕雀翔，不隨黃鵠飛」的痛苦抉擇。入世不能，
求諸出世，卻又不得其志，所以導致阮籍一生的酸辛悲懷。《詠
懷》詩云：「終身履薄冰，誰知我心焦？」正是阮籍痛苦的剖白。
如前所述，當阮籍憂思滿懷而躊躇不前時，正是《詩》、《書》、
《莊》、《騷》等經典所提供的意義世界療治了他的精神困惑，然後
他將這一生命歷程的探問化成詩篇，展現了他在抉擇中所顯的生命
意義。從意義治療學的觀點來看，阮籍的《詠懷》詩基本上具有自
療療人的功能。

　　語言文字是文學的載體，弗蘭克認為語言的對象性與自我超越
性與人類存在的自我超越性是一個道理。因此，我們在阮籍的《詠
懷》詩組中可以看到《詩》、《書》、《莊》、《騷》等經典對阮籍的精
神困惑所起的意義治療作用，以及最後安頓阮籍生命的《詠懷》詩
對庾信「南思洞庭水，北想雁門關」之矛盾心理所起的意義治療作
用。換言之，文學在意義治療學上所起的作用就是它能提供人一個
生命意義的世界。

　　此外，誠如傅偉勳所言，廣義地說，意義治療不啻是一種精神
療法，它毋寧是人人可以應用的自我精神分析法，能幫助我們培養

適當可行的現代生活智慧，以建立健全的人生態度。[38]關於這點，我們從阮籍在《詠懷》詩組中表露了他對自我生命意義與價值的提問與抉擇可證知。

　　　　附記：原載於《華梵人文學報》，第五期；略作修改。

---

38 傅偉勳，〈弗蘭克爾與意義治療法——兼談健全的生死觀〉，《批判的繼承與創造的發展——「哲學與宗教」二集》，臺北：東大圖書公司，1986年。

陶淵明《詠貧士》等詩的美學詮釋

一　前言

　　陶淵明（西元365-427）的詩在唐、宋以前並未受到很多的關注與推崇。錢鍾書說：「淵明文名，至宋而極。永叔推《歸去來辭》為晉文獨一；東坡和陶，稱為曹、劉、鮑、謝、李、杜所不及。自是厥後，說詩者幾於萬口同聲，翕然無間」[1]。然則，宋以後之論陶詩者所重為何呢？蘇東坡稱淵明「欲仕則仕，不以求之為嫌；欲隱則隱，不以去之為高，飢則叩門而乞食，飽則雞黍以延客。古今賢之，貴其真也。」[2]朱熹論曰：「陶元亮自以晉世宰輔子孫，恥復屈身後代，自劉裕篡奪勢成，遂不肯仕。雖功名事業，不少概見，而其高情逸想，播於聲詩者，後世能言之士，皆自以為莫能及之也。蓋古之君子，其於天命民彝君臣父子大倫大法所在，惓惓如此。是以大者既立，而後節概之高，語言之妙，乃有可得而言者。如其不然，則紀逡、唐林之節非不苦，王維、儲光羲之詩非不翛然清遠也。然一失身於新莽、祿山之朝，則其平生之所辛勤而僅得以傳世者，適足為後人嗤笑之資耳。」[3]顯然可見，蘇、朱二人

1　錢鍾書，《談藝錄》（臺北：藍燈文化公司，1987年），頁88。
2　宋・蘇軾，〈書李簡夫詩集後〉，《陶淵明資料彙編》上冊（北京大學北京師範大學中文系，北京大學中文系文學史教研室編，北京：中華書局，1962年），頁33。
3　宋・朱熹，《向薌林文集》卷七十六，同注2引書，頁77。

乃是基於《毛詩序》所謂「詩者，志之所之也，在心為志，發言為詩」，即詩與人不分的「詩言志」的觀點來論詩的。亦即是說，宋代以後之論陶詩者所重在把詩歌的美感經驗還原為道德人格的政治倫理經驗來體驗而作出倫理性的價值判斷，並且視此倫理性的價值為文學作品的價值。換言之，「文如其人」乃是宋以後論陶詩者之所重，此亦即鐘嶸評陶詩所謂「每觀其文，想其人德」之意。

就陶淵明詩來看，王叔岷認為，《詠貧士》七首，最見其人德之高。他說：「命題《詠貧士》，似與應詩有關」[4]。根據王叔岷的考證，「貧士」一詞，始見於應璩《雜詩》中，其詩云：「秋日苦短促，遙夜邈綿綿。貧士感此時，慷慨不能眠」。就此詩文與陶詩《詠貧士》相較，皆屬詠懷之作。由此可見，陶淵明詩題《詠貧士》，其來有自。然則，《詠貧士》詩中所呈現之陶淵明的人德為何呢？由於箋證體例的限制，王叔岷並無進一步的詮釋。

陶淵明《詠貧士》七首，大體皆晚年詠懷之作。[5]陶淵明在這一組詩中分別吟詠了多位古代安貧樂道之士。對於這一類詩，袁行霈認為：「『固窮』和『安貧』的思想並不新鮮，但『固窮』和『安貧』主題卻是新鮮的，在陶淵明之前還沒有一位詩人如此集中地寫過。這也是他的獨創。不諱言窮幾乎成為一種寫詩的傳統，而這傳統就始於陶淵明。」[6]平心而言，陶淵明創作此類詩歌的意旨，應

4　王叔岷云：「陶詩非僅體裁與應詩相似，即詞句、命題，有時亦受應詩影響。」
　　詳參氏撰，〈論鐘嶸評陶淵明詩〉，《陶淵明詩箋證稿》，臺北：藝文印書館，
　　1975年。

5　楊勇《陶淵明年譜彙訂》以為，此一組詩作於晉恭帝元熙二年，亦即宋武帝永
　　初元年冬，陶淵明時年五十六。詳參氏著，《陶淵明集校箋》，臺北：中國袖珍
　　出版社，1970年。本文所引陶詩原文皆出自此書，後不贅言。

6　袁行霈，《陶淵明研究》(北京：北京大學出版社，1997年)，頁117。

不在開一寫詩的傳統。然則，他為什麼要特別著墨於安貧與固窮這一主題呢？

關於《詠貧士》的義蘊，清·吳淇說：

> 蓋三代封建之世，士皆養於上，其井田學校之制相表裏，故養士之具甚備，安所稱貧哉。封建變而為郡縣，則井田廢而學校為故事，於是人各自養，而貧獨屬士矣。靖節先生深知其然，故其田家諸作，寓復井田之意。而《貧士》一詠，見學校之實不可不修舉也。若以為勖貧士以安貧立節，猶其餘意耳。[7]

職是，我們要問的是：「其田家諸作，寓復井田之意。而《貧士》一詠，見學校之實不可不修舉也。」這果真是陶淵明的心曲嗎？如若不是，我們是否還有更相應的理解來重新詮釋陶淵明《詠貧士》等詩的義蘊呢？

陶淵明說：「先師有遺訓，憂道不憂貧」（《癸卯歲始春懷古田舍》其二）、「斯濫豈攸志，固窮夙所歸」（《有會而作》）。顯然，潛藏在陶淵明詩歌創作背後的美學思想源自孔子所謂「志於道，據於德，依於仁，游於藝」的人格美思想，而它正是《詠貧士》等詩的基調。誠如柯慶明所說：「『文學』的『接受』者，只能憑藉自己已有的對語文或文化符碼（CODE）的理解，來對『文學』文本的『言』作『解碼』（decoding），萬一理解不足，亦可以求助於箋註序跋簡介導讀等的說明。但因語言符號系統創造新詞語的新連接之

7　清·吳淇，《六朝選詩定論》，卷十一，同注2引書下冊，頁269。

無限可能性，加上歷史長期增益所形成的豐富性與複雜性，事實上即使只是『言』本身所可能顯示的『意義』或『涵義』，就未必能由作者或任何讀者所可完全掌握。」[8]柯慶明之言，即如詮釋學上所謂任何文本都有五謂之說[9]。由此可知，即使陶淵明《詠貧士》等詩已有許多詮釋，筆者亦且仍有詮釋的空間。那麼，我們究竟要以什麼進路來理解與詮釋陶淵明《詠貧士》等詩的美學義蘊呢？

　　如前所說，陶淵明創作的美學思想源自孔子「志於道」的人格美思想。從詮釋學的角度來看，那正意味著孔子「志於道」的人格美思想在歷史中成為脈絡而為後人不斷發展著，而這個歷史的脈絡是一種「前理解的視域（horizon）」，亦即洪漢鼎先生所說的：「前理解或前見是歷史賦予理解者或解釋者的生產性的積極因素，它為理解者或解釋者提供了特殊的『視域』（Horizont）。視域就是看視的區域，它包括了從某個立足點出發所能看到的一切。誰不能把自身置於這種歷史性的視域中，誰就不能真正理解流傳物的意義」[10]。準此，我們可以說，孔子「志於道」的人格美思想即是陶淵明詩的美學思想的前理解，故而它亦即是我們理解與詮釋陶淵明《詠貧士》等詩的美學思想的進路。至於孔子「志於道」的人格美思想之義蘊，我們將於下文析言之。

8　柯慶明，《柯慶明論文學》（臺北：麥田出版社，2016年），頁94。

9　傅偉勳在說明「創造的詮釋學」（Creative Hermeneutics）一詞時，將「一般方法論的創造的詮釋學」分為五個辯證的層次，即：實謂層次、意謂層次、蘊謂層次、當謂層次、必謂層次。見氏著，〈創造的詮釋學及其應用〉，《從創造的詮釋學到大乘佛學》（臺北：東大圖書公司，1990年），頁1-46。

10　德‧漢斯-格奧爾格‧加達默爾（Hans-Georg Gadamer），洪漢鼎翻譯，《真理與方法》譯者序言（臺北：時報文化出版公司，1993年），p.xxiii。

二 孔子志道的人格美思想

　　東晉名士殷仲堪每語子弟云：「貧者，士之常，焉得登枝而捐其本！爾曹其存之」[11]。《世說新語》將這一則故事記錄在〈德行〉篇中，無非是要藉由殷仲堪之言，點出能否安貧樂道仍是漢末魏晉人格美的品評標準之一，這從〈德行〉篇中所載諸名士，比如：黃叔度、郭林宗、陳仲弓等人，皆以安貧樂道聞名當世，可以印證得知。安貧樂道這一人格美的品評標準始見於《論語・雍也》：「子曰：『賢哉，回也！一簞食，一瓢飲，在陋巷。人不堪其憂，回也不改其樂。』」[12]後人襲之，亦以之品評人物，比如：東漢時人以「顏子復生」稱美黃叔度之人格。《宋書・隱逸》亦記載與陶淵明同為「尋陽三隱」之一的周續之名冠同門，號曰「顏子」。[13]不過，「安貧樂道」作為儒家人格美的表徵，我們應該不僅止於《論語》中引喻索義，而更應旁及《孟子》之論述，始能完整詮釋之。

　　在古代，與貧富對舉的一組概念，即仕與隱。中國士子的仕與隱，往往直接關涉其貧與富。孟子曰：

　　　仕非為貧也，而有時乎為貧；娶妻非為養也，而有時乎為養。為貧者，辭尊居卑，辭富居貧。辭尊居卑，辭富居貧，惡乎宜乎？抱關擊柝。孔子嘗為委吏矣，曰：「會計當而已

---

11 徐震堮著，《世說新語校箋》（臺北：文史哲出版社，1989年），頁24。
12 宋・朱熹，《四書章句集注》（臺北：大安出版社，1996年），頁117。本文所引《論語》原文皆出自此書，後不贅言。
13 詳參梁・沈約，《宋書》3（臺北：鼎文書局，1990年），頁2280。

矣」。嘗為乘田矣,曰:「牛羊茁壯,長而已矣」。位卑而言
高,罪也;立乎人之本朝,而道不行,恥也。」(《孟子・萬
章下》[14])

孟子在此以「辭尊居卑,辭富居貧」為為貧而仕者之準則,並以孔
子曾為管倉廩和主苑囿芻牧等小官作例引證。朱子注云:「仕本為
行道,而亦有家貧親老,或道與時違,而但為祿仕者。」[15]又曰:
「以出位為罪,則無行道之責;以廢道為恥,則非竊祿之官,此為
貧者之所以必辭尊富而寧處貧賤也」[16]。然則,就士子而言,平時
他該如何自處呢?孟子曰:

王子墊問曰:「士何事?」孟子曰:「尚志。」曰:「何謂尚
志?」曰:「仁義而已矣。殺一無罪,非仁也;非其有而取
之,非義也。居惡在?仁是也;路惡在?義是也。居仁由
義,大人之事備矣。」(《孟子・盡心上》)

關於齊王之子王子墊的提問,朱子注云:「上則公、卿、大夫,
下則農、工、商、賈,皆有所事;而士居其閒,獨無所事。」[17]至
於孟子所謂「尚志」,朱子注云:「尚,高尚也。志者,心之所之
也。士既未得行公、卿、大夫之道,又不當為農、工、商、賈之
業,則高尚其志而已。」[18]對於孟子以「仁義」為「尚志」的內

---

14 同注12,頁447。本文所引《孟子》原文皆取自注12引書,後不贅言。
15 同注12,頁448。
16 同注12。
17 同注12,頁503。
18 同注17。

涵，朱子注云：「非仁非義之事，雖小不為；而所居所由，無不在於仁義，此士所以尚其志也。大人，謂公、卿、大夫。言士雖未得大人之位，而其志如此，則大人之事體用已全。若小人之事，則固非所當為也。」[19]朱子所說大體無違孟子之意。

　　士以尚志為首要，此所以孔子要弟子各言其志。《論語・先進》云：

> 子路率爾而對曰：「千乘之國，攝乎大國之間，加之以師旅，因之以饑饉；由也為之，比及三年，可使有勇，且知方也。」夫子哂之。「求，爾何如？」對曰：「方六七十，如五六十，求也為之，比及三年，可使足民。如其禮樂，以俟君子。」「赤，爾何如？」對曰：「非曰能之，願學焉。宗廟之事，如會同，端章甫，願為小相焉。」「點，爾何如？」鼓瑟希，鏗爾，舍瑟而作，對曰：「異乎三子者之撰。」子曰：「何傷乎？亦各言其志也。」曰：「莫春者，春服既成，冠者五六人，童子六七人，浴乎沂，風乎舞雩，詠而歸。」夫子喟然歎曰：「吾與點也！」

關於上述所載，朱注引程子曰：「孔子與點，蓋與聖人之志同，便是堯、舜氣象也。」又曰：「曾點，狂者也，未必能為聖人之事，而能知夫子之志。故曰：浴乎沂，風乎舞雩，詠而歸，言樂而得其所也。孔子之志，在於老者安之，朋友信之，少者懷之，使萬物莫不遂其性。」[20]顯而易見，在曾點之前，三子所言皆得國而治之

---

19 同注12，頁504。
20 同注12，頁181。

事，至於禮樂則都外在於生命。然若曾點，禮樂不假外求，隨時自生命中發出，此所以孔子贊之也。

簡言之，孔子說禮論樂，乃是他對周文的繼承；然而，在孔子「人而不仁，如禮何？人而不仁，如樂何？」的反省中，禮樂不只具有宗教政治倫理性的意義，它還具有個人道德人格修養的意涵。職是，孔子即以「興於詩，立於禮，成於樂。」（《論語·泰伯》）作為孔門道德人格修養的進程。關於「成於樂」，朱注曰：「樂有五聲十二律，更唱迭和，以為歌舞八音之節，可以養人之性情，而蕩滌其邪穢，消融其渣滓。故學者之終，所以至於義精仁熟，而自和順於道德者，必於此而得之，是學之成也。」[21]而《論語集釋》則說：「論倫無患，樂之情也。欣喜歡愛，樂之官也。手之舞之，足之蹈之。天地之命，中和之紀，學之則易直子諒之心生。易直子諒之心生，則樂。樂則安，安則久，久則天，天則神，是成於樂。」[22]《集釋》的說法顯然與朱注有別。樂之本在於情的表現，而其極至是「和」。此所以孔子由仁論樂亦就人之情而說。有關人情的表現，清·戴震曰：「古人之言天理，何謂也？曰理也者，情之不爽失也，未有情不得而理得者也；……天理云者，言乎自然之分理也。自然之分理，以我之情絜人之情，而無不得其平是也。」[23]「情與理之名何以異？曰在己與人皆謂之情。無過情，無不及情之謂理。」[24]戴氏所標舉的無過無不及的中和表現乃為情之理，亦即人情的規則，誠可謂對孔子仁說的推衍發揮。

---

21 同注12，頁141。

22 程樹德，《論語集釋》上冊（臺北：鼎文書局，1980年），頁459。

23 清·戴震，《孟子字義疏證》（臺北：廣文書局，1978年），頁1。

24 同注23，頁2。

　　孔子以「成於樂」狀聖人成德之境界，孟子亦藉「金聲玉振」
來論謂孔子之集大成，由此可見，孔孟皆以為聖人的氣象要從樂中
獲得。這即是說「聖人」不只是道德上的概念，而且也是美感上的
概念。就修養的進程而言，聖人既在道德中成就，也在美感中養
成。然則，聖人的生命即是一「即善即美」之「和」的呈現。不同
於「成於樂」的提法，孔子還有另一學習進程的說法，即：「志於
道，據於德，依於仁，游於藝。」（《論語・述而》）朱子注云：「此
章言人之為學當如是也。蓋學莫先於立志，志道，則心存於正而不
他；據德，則道得於心而不失；依仁，則德性常用而物欲不行；游
藝，則小物不遺而動息有養。學者於此，有以不失其先後之序、輕
重之倫焉，則本末兼該，內外交養，日用之間，無少間隙，而涵泳
從容，忽不自知其入於聖賢之域矣。」[25]朱子以「游於藝」之境界
為聖賢之域，可說是不違孔子之意。又，他對「游於藝」進一步解
釋說：「游者，玩物適情之謂。藝，則禮樂之文，射、御、書、數
之法，皆至理所寓，而日用之不可闕者也。朝夕游焉，以博其義理
之趣，則應務有餘，而心亦無所放矣。」[26]平心而言，玩物喪志是
人之常情，此情即俗情之謂。至於聖人，則「從心所欲，不踰
矩。」其所交接處，盡是真情流露，無所滯礙。此所以朱子解
「游」，謂其「玩物適情」，而云：「朝夕游焉，以博其義理之趣，
則應務有餘，而心亦無所放矣。」關於「游於藝」的內涵，孔子著
墨不多，不過，我們還是可以從《論語》中得到一些啟發。比如前
述曾點偕同冠者與童子「浴乎沂，風乎舞雩，詠而歸」，亦即是那
「游於藝」的境界。

---

25 同注12，頁127。

26 同注25。

三　陶淵明對孔子志道的人格美思想的承繼與實踐

　　如前所述，自古以六經為主軸的禮樂文化，經由孔子的詮釋與重建，賦予它新的意涵，繼而提出「志於道，據於德，依於仁，游於藝」這一人格美思想。然則，謂孔子「言合《訓》、《典》，行合世範，德義可尊，作事可法」（〈卿大夫孝傳贊〉）的陶淵明，他是如何承繼孔子在《詩》、《書》等經典世界中所體驗出的人格美思想並加以實踐呢？

　　就陶詩看來，陶淵明晚年自謂「少年罕人事，遊好在六經。」（《飲酒》十六）此「遊好」之語，即含孔子「游於藝」之意，亦即蘊含朱注所謂「朝夕游焉，以博其義理之趣，則應務有餘，而心亦無所放矣」之意。這從他在《辛丑歲七月赴假還江陵夜行塗口》詩云：「閒居三十載，遂與塵事冥。《詩》、《書》敦宿好，園林無世情」可以得到印證。陶淵明正因早年浸潤在《詩》、《書》之中，故能身處亂世而心不動搖。雖然曾經為貧而仕，但是終究無所放心，故於詩中明言「商歌非吾事」、「不為好爵縈」、「養真衡茅下，庶以善自名」。此即朱注所謂：「志道，則心存於正而不他」。

　　依《宋書・隱逸》所載，陶淵明有四次出仕的經歷。第一次「起為州祭酒」，乃因「親老家貧」；第二、三次「復為鎮軍、建威參軍復為鎮軍、建威參軍」，則因「躬耕自資，遂抱羸疾」；第四次「為彭澤令」，則是「聊欲弦歌，以為三逕之資」。[27]粗看陶淵明出仕的經歷，蓋全然因為家貧。不過，值得注意的是，陶淵明所任職的官階都不高，且一不適任，隨即辭官而去。這說明他對孔子不以

27　同注13，頁2286。

擔任管倉廩和主苑囿芻牧等小官為辱，而以「辭尊居卑，辭富居貧」為為貧而仕者之準則的踐履。正因如此，陶淵明的《詠貧士》才如此高亢激昂。

關於《詠貧士》七首的解讀，明・黃文煥的總評可謂切中肯綮。其言曰：

> 貧士多列古人，初首歎今世之無知音，後六首追古人之有同調。志趣所宗，以受厄陳蔡之孔氏，耕稼陶漁之重華，立貧士兩大榜樣，此是何等地步。就中拈出聖門諸高足子路、原憲、子貢，作一班人物，供我去取；拈出草野諸高人榮叟、黔婁、袁安、仲蔚，作一班人物，供我比並；雜之以阮公之去官，子廉之辭吏，再作一班人物，供我推勘。姓名錯綜穿插，無復層節可尋，而意義自各別。其引阮公、子廉，尤有深致，二人視草野貧士不得不安貧者不同，乃處膏辭潤，矢志守困，真無往而不得貧矣。仲尼、重華是大榜樣，阮公、子廉是真品骨。但曰處困無如何焉，此之謂匹夫匹婦，計無復之，非貧士之胸懷旨趣也。[28]

黃文煥謂阮公、子廉「乃處膏辭潤，矢志守困」。此即孟子所標舉的「辭尊居卑，辭富居貧」之為貧而仕者之準則。由此可知，陶淵明意欲透過阮公、子廉之例，隱喻其雖為貧而仕，但亦未曾忘卻「固窮」之志。

誠然，捨富貴而就貧賤並非易事，故陶淵明在《命子》詩中頌

---

28 同注2引書，下冊，頁265-266。

揚其曾祖侃云：「功遂辭歸，臨寵不忒。孰謂斯心，而近可得」。陶淵明確曾抉擇於貧富交戰之中，其詩言：「在昔曾遠遊，直到東海隅。道路迥且長，風波阻中途。此行誰使然？似為飢所驅。」[29]又云：「疇昔苦長飢，投耒去學仕。將養不得節，凍餒固纏己。是時向立年，志意多所恥。遂盡介然分，拂衣歸田里。」[30]凡此皆可見他當時為貧而仕的心情。陶淵明雖因「耕植不足自給」而「嘗從人事」，但有鑑於「飢凍雖切，違己交病」而終唱「歸去來兮」[31]。

　　陶淵明於《詠貧士》第一首：「量力守故轍，豈不寒與飢？」的提問之後，馬上在第三首詩中自述云：「弊襟不掩肘，藜羹常乏斟；豈忘襲輕裘？苟得非所欽」。由此可見，富貴的苟得與否才是陶淵明於貧富交戰中最為在意的。這顯然得之於孔子之教。子曰：

> 富與貴是人之所欲也，不以其道得之，不處也；貧與賤是人之所惡也，不以其道得之，不去也。君子去仁，惡乎成名？君子無終食之間違仁，造次必於是，顛沛必於是。（《論語·里仁》）

孔子上述所言即是君子審富貴而安貧賤的一個基點。準此，陶淵明首先吟詠了「老帶索，欣然方彈琴」的榮啟期和「納決履，清歌暢《商》音」的原憲，繼而迤以「安貧守賤者」之語來描述古之黔婁，並強調「一旦壽命盡，弊服仍不周。豈不知其極，非道故無憂」（《詠貧士》其四）。陶淵明在這裡所謂的「非道故無憂」，正好

29　《飲酒》其十，同注5引書。
30　《飲酒》其十九，同注5引書。
31　《歸去來兮辭》，同註5引書。

回應了前面「量力守故轍，豈不寒與飢？」的提問。

正因懷抱「先師有遺訓，憂道不憂貧」之志，所以陶淵明於《詠貧士》第五首詩中藉由對身困積雪卻不干人的袁安和見錢棄官的阮公之歌詠，在「貧富常交戰」之後，如實地說出「道勝無戚顏」。根據《列子・天瑞篇》所載，榮啟期曾對孔子說：「貧者，士之常也；死者，人之終也；處常得終，當何憂哉！」[32]陶淵明在《詠貧士》中將榮啟期名列歌詠的第一人，實已隱顯其安貧處常、憂道不憂貧之襟懷。這樣的懷抱就表現在《詠貧士》第六首「仲蔚愛窮居」的「愛」字上。唯因「道勝」，故能「愛」窮居。「介焉安其業，所樂非窮通。」即是對「愛窮居」的進一步說明。

在《詠貧士》這一組詩裡最後歌詠的是辭官歸隱的黃子廉。其詩云：「一朝辭吏歸，清貧略難儔」的窘境，實即陶淵明自況。依《宋書・隱逸》所載，陶淵明辭彭澤令後，其妻亦能安勤苦，而與他同志[33]，故其詩云：「年饑感仁妻，泣涕向我流：『丈夫雖有志，固為兒女憂』。」關於生命，陶淵明的思索極其深刻而踏實，其詩云：「人生歸有道，衣食固其端。孰是都不營，而以求自安？遙遙沮溺心，千載乃相關。但願長如此，躬耕非所歎」[34]。正因為如此，所以「年饑感仁妻」一語更見陶淵明之情深意切。茲因躬親實踐，故陶淵明在末了用「誰云固窮難」的提問，以證「道勝」則固窮不難的體悟。

---

32 楊伯峻，《列子集釋》，臺北：華正書局，1987年。

33 同註13，頁2286。

34 《庚戌歲九月中於西田穫旱稻》，同注5引書。

四　結論

誠如柯慶明所說，「當一個抒情詩人企圖表現的不是湧現於心的剎那感受，而是一種長期，甚或是與個人生命、性格相結合的心志情態時，寫作一題多首『辭無詮次』的短詩就成了唯一的解決。正因為這類詩作的產生原就出於『敘志』的需要，所以不論其為詠史或者遊仙都只是一種『起興』，而其結果則是『自敘』。」[35]陶淵明《詠貧士》七首可作如是觀。

綜言之，從《詠貧士》其一「量力守故轍，豈不寒與飢？」的提問，再經其二「閒居非陳阨，竊有慍見言」的自剖，而到其五「道勝無戚顏」的堅決，在在表現出陶淵明審富貴而安貧賤的人德。其《感士不遇賦》云：「寧固窮以濟意，不委曲而累己；既軒冕之非榮，豈縕袍之為恥。誠謬會以取拙，且欣然而歸止。」陶淵明的心志，在此賦中表露無遺。

徐復觀於其〈儒道兩家思想在文學中的人格修養問題〉文中說：

> 各民族的文學創造，必定受到各民族傳統及流行思想的正、反、深、淺各種程度不同的影響。中國文學，自西漢後，幾乎都受有儒、道兩家直接、間接的影響；六朝起，又加上佛教。由思想影響，更前進一步，便是人格修養。所謂人格修養，是意識地，以某種思想轉化、提升一個人的生命，使抽

---

35 柯慶明，〈論兩首序詩〉，《境界的再生》（臺北：幼獅文化公司，1977年），頁147。

象的思想，形成具體的人格。此時人格修養所及於創作時的
影響，是全面的，由根而發的影響。而一般所謂思想影響，
則常是片段的，機緣而發的。兩者同在一條線上滑動，但有
深淺之殊，因而也有純駁之異。[36]

徐氏所謂人格修養，「是意識地，以某種思想轉化、提升一個人的
生命，使抽象的思想，形成具體的人格。」準此，陶淵明可謂以轉
化孔子「志於道」的抽象思想而使其成就他安貧樂道的人格美。如
徐氏所說：「此時人格修養所及於創作時的影響，是全面的，由根
而發的影響。」從前述陶淵明《詠貧士》組詩中之義蘊誠然可見淳
厚的人格修養對他創作上的影響。

　　　　附記：原載於《東亞漢學研究》2017特別號；略作修改。

---

36 徐復觀，〈儒道兩家思想在文學中的人格修養問題〉，見趙利民主編，《儒家文藝
　　思想研究》（傅永聚，韓鍾文主編，《二十世紀儒學研究大系》總21卷，北京：
　　中華書局，2003年），頁165-166。

從《形影神》論陶淵明融會儒道佛的美學境界

一　前言

　　陶淵明（西元365-427）身處晉、宋之際，於時儒學衰微，而玄學餘煙尚存，至於佛學，則方興未艾；因此，古今學人對其詩文之美學思想的闡釋不免涉及了儒、道、佛三家淵源的討論，比如：自從梁・鍾嶸《詩品》謂淵明乃「古今隱逸詩人之宗」後便衍生出討論其隱逸行止究竟是屬於儒隱還是道隱這類的課題；而當鍾嶸評陶詩說：「每觀其文，想其人德」時，容肇祖即從其思想背景加以闡釋說：

> 魏晉間自然主義的提倡，老莊學說的研究，那時的達觀主義
> 和快樂主義的人生觀，在中流以上的士大夫常常感受著這種
> 的陶薰，而成為風氣。後來雖有王衍的一流，口說清談而貪
> 寵固位，使清談家為世所詬病。但謝安一輩名臣，尚是旨趣
> 玄遠。陶潛在清談風氣盛極而衰之後，當時佛教亦頗盛行，
> 感自然的真趣，悟幻化的人生，律己甚嚴，而無苟且卑鄙放
> 蕩的舉動。或者他本是儒家出身，又從時代上認識清談家的

弊病，故此特別成就了他的高尚的人格與感情。[1]

在容肇祖看來，儒家教義當是陶淵明人格挺立的基石。他如方祖燊則說：「陶潛是釋慧遠、道士陸修靜方外的朋友，自然也受佛、道二教的影響。」[2]「雖然如此，陶潛在思想方面，對道教、佛教卻也有他不贊同的地方；對神仙之說，雖然喜歡，卻不相信真有成仙的事。他服膺奉行的，是魏、晉名士如嵇康、阮籍這些人喜歡喝酒的作風，特別喜歡喝酒，作有許多《飲酒》詩，在作品中幾乎篇篇有『酒』；但卻沒有這些名士的任誕沈湎的毛病。」[3]除了容、方二氏等學界的說法之外，葉慶炳在其《中國文學史》裡也說：

> 淵明服膺儒學，其《癸卯歲始春懷古田舍》詩曾云：「先師有遺訓，憂道不憂貧。」此即淵明能在晉世放誕狂流中固貧守節之原因所在。其為人雖不拘虛偽禮俗，而得之於儒學者實深。淵明亦雅好老莊，嚮往自然清靜之境界，而無清談任誕之行與服食求仙之志。淵明又曾與釋徒交往。《蓮社高賢傳》曰：「慧遠法師與諸賢結蓮社，以書招淵明。淵明曰：『若許飲則往。』許之。遂造焉；忽攢眉而去。」淵明與慧遠雖不投機，但卻與慧遠居士弟子周續之、劉遺民相交往。《蓮社高賢傳》又曰：「居潯陽柴桑，與周續之、劉遺民並不應辟命，世號潯陽三隱。」再就詩歌觀之，其《歸園田

---

1 容肇祖，《魏晉的自然主義》（北京：東方出版社，1996年），頁93。

2 方祖燊，〈形影神詩的思想上〉，《陶淵明》（臺北：河洛圖書出版社，1978年），頁169。

3 同注2，頁170。

居》第四首云:「人生似幻化,終當歸空無。」《晉書》卷九
十四〈隱逸傳・陶潛傳〉載:「性不解音,而畜素琴一張,
絃徽不具。每朋酒之會,則撫而和之,曰:『但識琴中趣,
何勞絃上聲?』」此類詩句,無不充滿禪機。故淵明思想,
實得儒、道、釋三家精義,而不染其陋習。[4]

　　大體來說,葉慶炳在此對淵明思想之涵養的論斷可謂相應合理。

　　有關陶淵明之佛教思想淵源的探討,肇端於《蓮社高賢傳》對
慧遠與淵明結識的記載。依《高僧傳》卷六〈慧遠傳〉所言,東晉
年間影響中國信眾最多的釋慧遠「博綜六經,尤善莊、老」,「內通
佛理、外善群書」,曾講《喪服經》,「雷次宗、宗炳等,並執卷承
旨」。孫昌武認為「他系統地論證了『形盡神不滅』與『應有遲
速、報有先後』的『現報』、『生報』、『後報』三報論。這是結合了
中國人傳統意識的報應思想。」[5]誠如劉勰所說,一個時代的文學
發展不免受到當時的學術思潮的影響,所以方祖燊認為「陶潛因為
慧遠提到『形影神』三者,因此在晉安帝義熙九年(西元413)
後,寫了《形贈影》、《影答形》、《神釋》三首哲理詩,總題作《形
影神》,闡發他對生死問題的看法,並批評東晉佛、道思想。」[6]然
而,張亨說:「凡是牽涉到生死問題的,淵明莫不因襲了莊子的思
想,與儒家『俟命』之旨實在相去甚遠。至於視此詩出於道教思想
者恐怕也不如從莊子思想中追溯其淵源為直接。」[7]其實不然,所

4　葉慶炳,《中國文學史》(上冊)(臺北:臺灣學生書局,1987年),頁177。

5　孫昌武,《詩與禪》(第二版)(臺北:東大圖書公司,1994年),頁294。

6　同注3。

7　張亨,〈讀陶淵明的「形影神」詩〉,《中國古典文學研究叢刊──詩歌之部
　　(一)》(柯慶明、林明德主編,高雄:巨流圖書公司,2012年),頁161。

謂生死問題亦正是佛教思想的核心課題。在佛教的苦業意識裡，生、老、病、死即位列八苦之四，而魏晉以降，佛僧能藉老莊思想「格義」之便宣傳佛教義理，正緣於此。職是，我們是否能將生死問題的思索直接歸屬於莊子呢？又，張亨說：「在陶詩中我們固然也可以看到這類淵源於莊子思想的詩句，另外卻發現許多詩篇的思想不盡與此相合。淵明對於自然萬物不論是飛鳥、秋菊、青松、孤雲⋯⋯顯然都有一份濃厚的感情。如《讀山海經》詩的第一首：『孟夏草木長，繞屋樹扶疏，眾鳥欣有託，吾亦愛吾廬。』詩中自有一種對宇宙萬物的愛心流注其間，更見生機洋溢之趣。作者自己固不曾超越乎物而為觀照之存在，亦不曾與物相冥而同歸於化，唯見作者與物交相投射之欣悅之情。此種感情自屬現世界所有，非忘情之情甚明。」[8]在他看來，「凡此等處都可見淵明儒者的襟懷，如果只從老莊一途去追索，必然不能盡得其含蘊之豐美。」[9]

　　誠如張亨所說：「從陶淵明的生平事蹟，思想淵源到作品風格，甚至詩意的解說，莫不議論紛紜，難得有一致的意見。而這也正足以顯示陶詩豐富的屬性，和後世對他有增無已的重視。大體說來，引起最多爭論的是陶淵明的思想。從宋朝以來學者不是視淵明為儒者，就是將他屬之道家，也有人認為他曾受佛教的影響。這些爭執中固然不乏真切的觀察，也有不少斷章取義的偏見。」[10]因此，在陶淵明《形影神》三首這一組詩裡，我們固然可以找到有關儒、道、佛三家思想文獻的淵源，但都無法直接判其美學思想的歸屬究竟系出何家。自古至今，因此論辯不斷；而當代學者前輩亦曾

8　同注7，頁164。

9　同注8。

10　同注7，頁153。

針對這個問題做過精闢的辨析。如容肇祖、方祖燊、葉慶炳與張亨
等學者均認為：陶淵明雖雅好老莊，嚮往自然清靜之境界，卻無清
談任誕之行與服食求仙之志，在晉世放誕狂流中固貧守節之原因乃
在於他服膺儒學。不過，張亨同時指出：「凡是牽涉到生死問題
的，淵明莫不因襲了莊子的思想」；而王叔岷也說：「此首（按：
《神釋》）言委運，亦即順化。與莊子外生死之旨合」；至於葉慶炳
則認為「淵明思想，實得儒、道、釋三家精義，而不染其陋習」。
凡此種種說法，正顯現出陶詩中之美學思想的複雜性。然則，我們
究竟應該如何詮釋這些意蘊豐美的詩篇呢？有鑑於陶詩篇篇有我，
而又彼此互見，故本文擬就陶詩集裡涉及《形影神》之相關主題篇
章重新作一賞析，以明陶淵明藉由這一組詩所要呈現的人生之美學
境界。

二 實腹與向道的省思

　　閱讀陶詩容易入門，因為淵明總是坦誠以告：「余家貧，耕植
不足自給；幼稚盈室，缾無儲粟，生生所資，未見其術。於時風波
未靜，心憚遠役；彭澤去家百里，公田之利，足以為酒，故便求
之。」[11]直言為貧求官的淵明最後因「質性自然，非矯厲所得；飢
凍雖切，違己交病。嘗從人事，皆口腹自役；於是悵然慷慨，深媿
平生之志。」[12]遂藉程氏妹喪而自免去職。時值東晉安帝義熙元年

---

11 陶淵明，《歸去來兮辭并序》。茲因楊勇，《陶淵明集校箋》（臺北：中國袖珍出
　　版社，1970年）一書附錄《陶淵明年譜彙訂》可供參考，故本文所舉之陶集詩
　　文，均引自此書；下不贅言。
12 同注11。

（西元405），淵明為自己做出「不惑」之年後的抉擇。當我們再深入一點閱讀陶詩，就會發現這一「抉擇的省思」不經意地成為淵明中晚年後吟詠的主調，而其內涵即為「實腹與向道的省思」。

陶淵明於義熙六年（西元410）所作之《庚戌歲九月中於西田穫旱稻》[13]詩云：

> 人生歸有道，衣食固其端。
> 孰是都不營，而以求自安？
> 開春理常業，歲功聊可觀。
> 晨出肆微勤，日入負耒還。
> 山中饒霜露，風氣亦先寒。
> 田家豈不苦？弗獲辭此難。
> 四體誠乃疲，庶無異患干。
> 盥濯息簷下，斗酒散襟顏。
> 遙遙沮溺心，千載乃相關。
> 但願長如此，躬耕非所歎。

淵明在此詩一開始即提問：「人生歸有道，衣食固其端；孰是都不營，而以求自安？」可見在躬耕的歲月裡，讓他逐漸對如何「求自安」有了更為清晰的思辨。這一反問，不僅激起陶淵明心中無限的感慨，同時也間接交代其務農的理由。誠然，人生在世，無法脫離現實與理想的追逐和交戰，因此，辭官返鄉躬耕的淵明一再地追問

---

13 此詩題之「旱」字，一作「早」；詳參王叔岷，《陶淵明詩箋證稿》，北京：中華書局，2007年。

與肯認。「開春」四句寫其晨出日入的農耕生活，意圖可觀的年終
收成。順此，藉由山中氣候的變化多端，以凸顯農耕的艱辛。淵明
所謂「山中饒霜露，風氣亦先寒，田家豈不苦？」的提問，不但勾
起務農人的無限辛酸，而隨後答以「弗獲辭此難」，更是點出農家
「看天吃飯」的無可奈何。推己及人，由於陶淵明此時真切地體悟
了務農人的辛勞，所以「山中」四句可說是既寫己，亦狀人。陶淵
明從農耕的體驗中有了新的領會：「四體誠乃疲，庶無異患干。」
這才使得農忙之後，可以一如其他田家「盥濯息簷下」而享有「斗
酒散襟顏」之樂。農務常業乃實腹之事，而仕進報國乃聖賢向道之
事業。在實腹與向道之間，陶淵明選擇仰止耦耕的長沮與桀溺。末
了所謂「但願長如此，躬耕非所歎。」真乃道出淵明心中矢志不移
的抉擇。

值得注意的是，張亨說：「陶詩中有好幾篇都用到『長沮桀
溺』的典故（《勸農》、《辛丑歲七月赴假還江陵夜行塗中》、《癸卯
歲始春懷古田舍》、《庚戌歲九月中於西田穫早稻》等）這固然是出
自《論語》，但在《論語》中孔子是不贊成他們的，淵明則於二人
心嚮往之。」[14]此外，柯慶明在析賞《讀山海經》時也說：

> 淵明在此所信持的顯然不是「先師遺訓，余豈云墜！四十無
> 聞，斯不足畏。脂我名車，策我名驥，千里雖遙，孰敢不
> 至！」的態度了；而是與鳥獸同群近於「遙遙沮溺心，千載
> 乃相關。但願長如此，躬耕非所歎。」的心情。事實上「辟
> 人」和「辟世」都是一種對現實政治的抗議。但前者是就知

---

14 同注7，頁166。

識文人在政治結構中所擔任角色的認同下從事反抗，它所表
現於行為的是賢者擇明主而事；後者則是徹底的放棄了知識
文人在政治結構中地位角色的認同以為反抗，而採取一種
「學」「用」分離的兩棲性的生活方式。子張學干祿得到夫
子的教導；樊遲請學稼則不免受到小人哉的批評：是有相當
的社會心理作背景的。「既耕亦已種，時還讀我書。」正充
分的表現了淵明作為一個「辟世之士」生活的兩棲性。[15]

不僅柯氏從《論語·微子》「長沮、桀溺耦而耕」章來闡釋「辟人」
與「辟世」之別以言淵明之心曲，而且張亨也就此簡別說：「陶淵
明和魏晉時代之老莊之徒最大的不同在於他對現實生活的肯定。儘
管他已投冠不仕而『邈與世相絕』，他的情感和行為都不是出世一
類的。他只是逃避那個不潔的時代，鄙棄那些『冰炭滿懷抱』的當
世之士；卻並不鄙棄和逃避現實生活。所以隱居之後他一直以『頗
為老農』來謀生自足。」[16]張亨之言，印之陶詩，誠屬不差。

　　進而言之，陶淵明辟世的選擇當來自於他對歷史的識見。大約
五十三歲時陶淵明於《飲酒》詩末首云：

　　　　羲農去我久，舉世少復真。
　　　　汲汲魯中叟，彌縫使其淳。
　　　　鳳鳥雖不至，禮樂暫得新。
　　　　洙泗輟微響，漂流逮狂秦。

---

15 柯慶明，〈論兩首序詩〉，《境界的再生》（臺北：幼獅文化事業公司，1977年），
　　頁156-157。

16 同注7，頁162。

> 《詩》《書》復何罪？一朝成灰塵。
>
> 區區諸老翁，為事誠殷勤。
>
> 如何絕世下，六籍無一親。
>
> 終日馳車走，不見所問津。
>
> 若復不快飲，空負頭上巾。
>
> 但恨多謬誤，君當恕醉人。

這首詩一開始即說：「羲農去我久，舉世少復真」，可見淵明意在標舉「真淳」的價值，並凸顯這一價值乃自遠古的「羲農」時代便隨著文明的發展而逐漸被漠視和淡忘。陶淵明因感於「舉世少復真」而有「汲汲魯中叟」四句對孔子於聖王不作仍思拯救周禮於既頹之際的積極作為的描述。他所謂「鳳鳥雖不至，禮樂暫得新」即是對孔子的讚許。然而，在孔子之後，群雄割據，諸子興起，周禮存廢之議論不一，再也無人能如孔子般地獨撐文化之旗幟而使有周一代之禮樂文明革新精進，故云「洙泗輟微響，漂流逮狂秦」以狀專擅牟利攻伐的先秦時代。從「羲農」至「狂秦」句後，淵明筆鋒一轉，不問始皇焚書坑儒之過，而反問「《詩》《書》復何罪？」其悲憤之情可謂溢於言表。順此而來的「區區諸老翁，為事誠殷勤」則是對漢代經學家們訓詁經典的貢獻致意。孰料在獨尊儒術的兩漢過後，魏晉以降，老莊之言興而致儒業衰微，知識份子「六籍無一親」[17]，終日奔走牟利，再無淑世濟物之「問津」者。淵明此一

---

17 楊勇說：「魏晉之世，六籍雖不若前世專興，然禮學依然盛明，雷次宗、周續之輩之明三《禮》，即其例也。此外若佛徒慧遠於喪禮特發義旨。淵明所謂『六籍無一親』，實憤語；蓋以老莊起而儒業衰也。讀《示周續之祖企謝景夷》詩可知。」（同注11，頁168。）按：其詩云：「周生述孔業，祖謝響然臻。道喪向千載，今朝復斯聞。」

「不見所問津」，誠乃沈痛語也。有鑑於人對歷史發展形勢之無可奈何，「少年罕人事，遊好在六經」的淵明乃頓悟「若復不快飲，空負頭上巾」。關於最後兩句「但恨多謬誤，君當恕醉人」，黃文煥《析義》云：「世之不親六籍，奔走利欲，罪或難恕，吾之遊好六經，雖淹留無成，而別無他腸，但耽杯酒，罪或可恕乎？似正似諧，亦狂亦歎，詩心靈妙真神矣化矣！」[18]誠哉斯言。

上引這首詩被放在《飲酒》詩組的最後是有其意義的。在酒酣耳熟之際，固然思緒紛陳，感興齊發；然而，最為惱人的依舊是如何存活於人世間而能逍遙自適，這是陶淵明所關懷的，同時也是魏晉六朝之文士們共同的課題。陶淵明這整首詩透過「羲農去我久，舉世少復真。汲汲魯中叟，彌縫使其淳。」這樣一抑一揚之形式結構安排，使其情感隨歷史的變化而抑揚頓挫有致，且於末了云：「若復不快飲，空負頭上巾。但恨多謬誤，君當恕醉人。」頓時消解了前述對於文化歷史衰微的悲感而轉以諧趣言語作結，足見淵明精神生命之強大。如前所述，容肇祖、方祖燊及葉慶炳等人都認為「淵明服膺儒學，其《癸卯歲始春懷古田舍》詩曾云：『先師有遺訓，憂道不憂貧。』此即淵明能在晉世放誕狂流中固貧守節之原因所在」。有關儒家思想對中國知識份子的影響，臺靜農說：

> 從漢武帝起，儒家思想便被大君所御用，凡有利於野心家的行動，總是拿儒家的經典作幌子。到了漢末以後，人民陷在長期的戰亂中，大小的霸主互相掠奪，人民失去了他們的生活，而一般知識者也失去了思想的重心，由對於儒家思想功

---

18 同注11，頁170。

用的懷疑，自然而感到現實的空虛，於是《周易》和老莊思
想的玄學自然的填補了當時知識份子的空虛。[19]

亦即漢末魏晉之知識份子「由對於儒家思想功用的懷疑」，轉而向
《易》、《老》、《莊》三玄尋求精神的慰藉。相較之下，陶淵明於
《飲酒》詩最後一首凸顯六經與孔子在文化上的重要地位，正足以
見其不同於當時知識份子的空虛無依，而自有其獨到的見識。當孔
子標舉「興於詩，立於禮，成於樂」（《論語・泰伯》）為儒家人格
的修養進程時，即不以「治國、平天下」為儒者之修養極境。然
而，先秦以下之儒門學子卻每以「致君堯舜上，再使風俗淳」為其
人生的終境。如此一來，很難不懷才不遇而鬱鬱寡歡以致需要尋求
慰藉精神的他途。

　　從陶淵明的詩文用典中，雖可見其對老莊思想的汲取；然而，
淵明並不因選擇了與孔子「辟人」不同的「辟世」之路，轉而否定
孔子之教。當陶淵明於《時運》詩裡說：「延目中流，悠想清沂，
童冠齊業，閒詠以歸。我愛其靜，寤寐交揮。」顯然可見他是了悟
《論語・先進》裡孔子「與點」之樂的。在曾點之前，子路、冉有
和公西華等三子所言皆得國而治之事，至於禮樂文化則都外在於生
命；然若曾點，禮樂之陶養所得隨時自生命中流出，而顯一與天地
萬物上下同流之聖人氣象，此所以孔子贊之也。淵明之不同於魏晉
名士之生命氣象正在於他對孔子的仰止。唯其仰望孔子，乃見淵明
詩中不時透顯出他與天地萬物同流之自然生機。淵明所謂「採菊東
籬下，悠然見南山。山氣日夕佳，飛鳥相與還。」（《飲酒》其五）

---

19 臺靜農，《臺靜農論文集》（合肥：安徽教育出版社，2002年），頁109。

誰說它所呈顯的只能是道家或佛家之境界，而不能是孔子「與點」
之天人合一之境界呢？

在實腹與向道的省思之後，陶淵明選擇了躬耕以守其自然之本
性，故於《雜詩》其八云：

> 代耕本非望，所業在田桑。
> 躬親未曾替，寒餒常糟糠。
> 豈期過滿腹，但願飽粳糧。
> 禦冬足大布，麤絺以應陽。
> 正爾不能得，哀哉亦可傷！
> 人皆盡獲宜，拙生失其方。
> 理也可奈何，且為陶一觴！

依楊勇《年譜彙訂》，這首詩作於淵明「知天命」之年。首先，陶
淵明即自剖云：「代耕本非望，所業在田桑。」藉此言其自二十九
歲初任江州祭酒以迄四十一歲辭去彭澤縣令的那十多年的仕宦經歷
都不過是因貧入仕，而從事田桑耕種才是他的本業。不過，雖然親
自下田耕植，卻仍無法透過力耕而有足夠的收成以維持一家生計，
故其言「躬親未曾替，寒餒常糟糠」以狀其農耕之辛勞和維生之艱
難。對於衣食等維生之資，淵明的要求不多。他自問：「豈期過滿
腹，但願飽粳糧。禦冬足大布，麤絺以應陽。」可悲的是，即如這
樣最低的期盼也無法獲得滿足。凡人於此境地常不免悲歎自傷，然
而，當淵明面對「人皆盡獲宜，拙生失其方」的現實時，卻反躬自
省地說：「理也可奈何！」不用「命」而以「理」字入詩，正所以
示其「力耕疾作，不得煖衣飽食」實乃自擇歸園躬耕使然。因此，

陶淵明覺悟到不必怨天尤人，還是「汎此忘憂物，遠我遺世情。」
（《飲酒》其七）遂於詩末云：「且為陶一觴！」淵明之豁達處由此
可見。

　　陶淵明的故鄉潯陽東臨彭蠡湖（今鄱陽湖），北面長江，南倚
廬山。這意謂成長於優美之山野農村裡的淵明，在他年少時亦曾有
過一段悠閒的愉悅時光。因此，他在《歸園田居》五首其一即云：
「少無適俗韻，性本愛丘山」，且於《始作鎮軍參軍》詩曰：「弱齡
寄事外，委懷在琴書」，又《飲酒》其十六云：「少年罕人事，遊好
在六經」，而於《辛丑歲七月赴假還江陵夜行塗口》亦曰：「《詩》
《書》敦宿好，園林無世情」，以及《雜詩》其五云：「憶我少壯
時，無樂自欣豫」等皆言及年少之樂。陶淵明自謂「質性自然」，
返鄉躬耕對他而言本是順心如意事，故於農閒時往往獨往或攜子姪
輩穿梭散步於林野山澤間。比如《歸園田居》其四云：

> 久去山澤遊，浪莽林野娛。
> 試攜子姪輩，披榛步荒墟。
> 徘徊丘隴間，依依昔人居。
> 井竈有遺處，桑竹殘朽株。
> 借問採薪者，此人皆焉如？
> 薪者向我言，死沒無復餘。
> 一世異朝市，此語真不虛！
> 人生似幻化，終當歸空無。

這組詩是陶淵明辭去彭澤縣令的隔年所作[20]，旨在寫其山居農耕的生活點滴和體驗。就農夫而言，在農閒時候攜帶子姪輩走訪近郊林間，再自然不過。因此，陶淵明在詩作的第一句便以「久去山澤遊」起首來承接組詩裡的第一首所謂「誤落塵網中，一去三十年」，而緊接其後即云「浪莽林野娛」。正因為興起曾有的林野間的愉悅之情，故有三四兩句「試攜子姪輩，披榛步荒墟」之舉。「試攜」一詞顯露淵明情怯之意，而「披榛」則呼應第二句「浪莽」的林野景象；至於「步荒墟」則帶出其後「徘徊」四句。在丘壟之間，淵明不見昔人居住的屋宇，而只看到「井竈」等遺跡，以及常栽種於農舍旁殘留的「桑竹」等枯枝。「井竈」與「桑竹」乃是農家的象徵，而今僅存遺跡，不禁令人歔噓，故淵明以「徘徊」「依依」之詞來傳達其不捨之意。承此，淵明於後面「借問」四句藉由設問修辭法將詩中之思古幽情擴張開來而云：「借問採薪者，此人皆焉如？薪者向我言，死沒無復餘。」在一問一答中，令人頓悟古人所謂「一世異朝市」的真義。因此，淵明於詩末遂有「人生似幻化，終當歸空無」這種佛教式的感歎。

---

20 依楊勇《陶淵明年譜彙定》所載，陶淵明四十一歲補彭澤令前夕遷居上京（按：山名，地在星子縣西，與柴桑山、彭蠡湖近）。關於《歸園田居》這一組詩的寫作時間，楊勇說：「《歸園田居》詩第二首曰：『桑麻日已長，我土日已廣。』知作詩時間為歸田後之二、三年，時四十二、三歲也。第四首曰：『徘徊丘壟間，依依昔人居。井竈有遺處，桑竹殘朽株。借問採薪者，此人皆焉如？薪者向我言，死沒無復餘。一世異朝市，此語真不虛。』一世，三十年也，與前詩『一去三十年』語合；作者蓋謂：十餘歲方知人事之時，即游其地，繼以三十年之世事變遷，今不復識矣，故有『一世異朝市』之歎。是以作詩之時，非四十以上則不可通也。而三十實泛指塵世。」（同注11，頁436。）意即楊氏認為陶淵明《歸園田居》五首作於東晉安帝義熙二年（西元406）。

　　由於陶淵明在《歸園田居》其四詩末云:「人生似幻化,終當
歸空無」而衍生出佛、道兩家對他的影響等議題。例如:古直
《注》引《莊子‧大宗師》:「吾特與汝,其夢未始覺者耶!」晉人
郭象注:「死生猶夢覺耳。」又引《列子‧周穆王》:「『有生之氣,
有形之狀,盡幻也。』《淮南‧精神訓》:『化者,復歸於無形
也。』」[21] 即認為陶淵明所言乃是受了道家的影響;而如佛教之
《金剛經》云:「一切有為法,如夢幻泡影」,有人因此即謂淵明之
言明顯受了佛教的影響。此二說法都有理據,然就淵明而言,視其
乃雜揉道、佛兩家思想之言似較妥貼。陶淵明在《飲酒》其八寫他
對生命的領會時亦兼有莊子與佛教的思想。其詩云:

> 青松在東園,眾草沒其姿。
> 凝霜殄異類,卓然見高枝。
> 連林人不覺,獨樹眾乃奇。
> 提壺挂寒柯,遠望時復為。
> 吾生夢幻間,何事紲塵羈。

這首詩在起首兩句透過「青松」與「眾草」的對比以凸顯「青松」
之姿易為「眾草」所淹沒。而於三、四兩句則藉由「凝霜」帶出
「青松」之拔萃於「異類」。五、六兩句則順此以言即如「青松」
亦是「連林人不覺,獨樹眾乃奇」。顯然可見,陶淵明在詩首的前
六句雖在詠物(松),實則隱喻人亦如此。「青松」因「連林」有蔽
端,故使「人不覺」;唯有「獨樹」一格,「眾乃奇」。陶淵明從

21　同注11,頁62。

「青松」之處眾類中得到了啟示。於是不管紅塵俗世如何看待，他將做他自己，故而七、八兩句轉寫其「提壺挂寒柯，遠望時復為」的松下飲酒的自畫像，彷若《歸去來兮辭》裡「撫孤松而盤桓」的形象。陶淵明於詩末云：「吾生夢幻間，何事絏塵羈。」即意謂：有感於人生既短暫又如夢幻般地不真實，那麼何不尋找自我，不再為塵俗所羈絆呢？「夢幻」一語，道、佛兩家均曾論及，實難自詩文本身釐出涇渭。

　　大體言之，通過現實生活的考驗，在實腹與向道的省思下，陶淵明雖曾受儒、道、佛三家思想的陶染，卻孕育出屬於自己存活世間的獨立思想。因此，他一再地藉由飛鳥、青松來表達心志。比如：《飲酒》其四寫「栖栖失群鳥，日暮猶獨飛」以喻其人生的追尋；並藉「失群鳥」「因值孤生松，斂翮遙來歸。勁風無榮木，此蔭獨不衰；託身已得所，千載不相違」之「良禽擇木而棲」與「勁風無榮木，此蔭獨不衰」的「孤生松」之雙重意象來隱喻其歸園躬耕的堅定意志。「但願長如此，躬耕非所歎」（前引）；「嘯傲東軒下，聊復得此生。」（《飲酒》其七）陶淵明的心意明白如此。

三　《形影神》中的覺悟

　　在「人生歸有道，衣食固其端」的省思後，陶淵明寫下《形影神》三首，時年四十九。由於詩題乃由「形」、「影」、「神」三者之關係所串聯，所以學界或以為此一組詩所言與釋慧遠所謂「形盡神不滅論」有關。陶淵明究竟在詩中傳達了何種意涵而啟人疑竇呢？他在序裡說：

　　貴賤賢愚，莫不營營以惜生，斯甚惑焉；故極陳形、影之苦，言神辨自然以釋之。好事君子，共取其心焉。

陶淵明在此坦言有感於貴賤賢愚對於生死問題的忙於關照而致思慮煩擾自身，故作此一詩組以解其生命的困惑。如林文月所說，「魏晉人士並不是厭生的，他們只要逃避那個紊亂的現實社會，卻不厭惡生命本身；相反的，他們是極珍視生命的，故服藥行散，以求延年益壽，多享受生命的樂趣。不過他們雖羨慕傳說中不老長生的神仙，卻也知道人畢竟不能真的羽化登仙，因此他們對日月之徂邁，年華之消逝也特別敏感。」[22]又，「人在失望灰心之餘，往往會產生消極的逃避現實的人生觀，也可能轉而積極地縱慾享樂，而郭璞以及當時的許多文士們卻意外地把這兩種表面上是互相矛盾的生活方式合併統一起來；換言之，他們在精神思想上是追求著逍遙虛無的仙境，而在實際生活上則又耽溺著官能物質的享樂。」[23]當時人對生命的無所適從，由此可見一斑。佛教有所謂苦業意識，淵明序言「極陳形、影之苦」，難免引人聯想附會。

　　從詩題《形贈影》、《影答形》和《神釋》所組成的這一組組詩看來，陶淵明巧妙地在形式結構上以擬人的寫作方法結合文士們之間常用的詩文贈答體來呈現。如此設想謀篇恰符合形、影、神三者間之緊密關係。老子云：「吾所以有大患者，為吾有身」[24]。準此，陶淵明即從《形贈影》開始鋪陳他的人生觀。其詩云：

---

22 林文月，〈從郭璞的遊仙詩談起〉，同注7，頁112。

23 同注22，頁113。

24 本文所舉之《老子》例句，均出自魏・王弼等著，《老子四種》，臺北：大安出版社，2003年；下不贅言。

天地長不沒，山川無改時。

草木得常理，霜露榮悴之。

謂人最靈智，獨復不如茲！

適見在世中，奄去靡歸期。

奚覺無一人，親識豈相思？

但餘平生物，舉目情悽洏。

我無騰化術，必爾不復疑。

願君取吾言，得酒莫苟辭。

作為組詩的第一首，陶淵明在起首即以「天地長不沒，山川無改時」兩句來凸顯宇宙中只有天地山川才能恆久不變。其後緊接著說：「草木得常理，霜露榮悴之」以言草木因四季更迭而榮悴有時。陶淵明藉由首四句點出自然世界之常理，順此帶出「謂人最靈智，獨復不如茲」的感歎。就人而言，生死乃人生之大事。然而，人對於生死可說是莫可奈何，即如淵明所云：「適見在世中，奄去靡歸期」。正因為如此，當人面對恆久不變的天地山川和榮悴更替的草木時更覺悲涼。這首詩自「天地」以下八句乃如實地陳述天、地、人三者之自然情態，然而淵明卻於九、十兩句反問：「奚覺無一人，親識豈相思？」這一彷若死者口吻的設問激起了情思，遂於其後藉由生者之言回答說：「但餘平生物，舉目情悽洏」。顯然，「奚覺」四句是這首詩之情境的轉換。在死者與生者的問答中，「形」之我有所領悟，故「形」乃直言「我無騰化術，必爾不復疑」。肯定人死不能復生之後，於是「形」轉而規勸「影」「得酒莫苟辭」，以言人情必有所寄託然後能樂之意。陶淵明《形贈影》這首詩讀來理切情真而又委婉動人，真乃以抒情說理也。

前引張亨說法,「凡是牽涉到生死問題的,淵明莫不因襲了莊子的思想」。依《莊子·知北遊》所載:「舜問乎丞(古得道之人)曰:『道可得而有乎?』曰:『汝身非汝有也,汝何得有夫道?』舜曰:『吾身非吾有也,孰有之哉?』曰:『是天地之委形也。』」[25] 此即意謂一個人的形體乃是天地自然所委付的,故此身非人所自有。莊子此一說法乃衍自老子「道生一,一生二,二生三,三生萬物」的思想。值得注意的是,陶淵明在《形贈影》中不但沒有刻意用《莊子》辭典,而且也沒有專就「形」自身之生滅以宇宙論式的說理來表現。不過,陶淵明在《形影神》三首之後所寫的《飲酒》其三就用了《老》、《莊》的辭典。其詩曰:

道喪向千載,人人惜其情。
有酒不肯飲,但顧世間名。
所以貴我身,豈不在一生?
一生復能幾?倏如流電驚。
鼎鼎百年內,持此欲何成?

關於這首詩,劉履曰:「此言大道久喪,情欲日滋,當世之人,不肯適性保真,而徒戀惜世榮;殊不知一生之內,倏如電之過目,今乃舒緩怠惰,持此以往,欲何所成而垂名乎?蓋不待以之諷人,亦以自警焉爾。」[26] 此說可謂相應其文理。我們從這首詩裡可以看到:首句「道喪向千載」典出《莊子·繕性》:「世喪道矣,道喪世

---

25 本文所舉之《莊子》例句,均出自清·郭慶藩輯,《莊子集釋》,臺北:華正書局,1994年。下不贅言。

26 同注11,頁142。

矣，世與道交相喪也！」而五、六兩句云：「所以貴我身，豈不在一生？」則是典出《老子》：「吾所以有大患者，為吾有身；及吾無身，吾有何患！故貴以身為天下，若可寄天下；愛以身為天下，若可託天下。」又，第七句承上句而提問「一生復能幾？」典出《莊子‧知北遊》：「自本觀之，生者，暗噫（氣聚也）物也。雖有壽夭，相去幾何？」正因為類似這些詩的辭典來自《老》、《莊》，所以學界乃謂陶詩受了道家思想的影響。

從《形贈影》中我們看到淵明對人死後一無所知的悲懷。因此，他藉「形」之言力勸「影」「得酒莫苟辭」。在淵明，不僅「汎此忘憂物，遠我遺世情」（《飲酒》其七），而且酒後「不覺知有我，安知物為貴。悠悠迷所留，酒中有深味。」（《飲酒》其十四）然則，淵明在《影答形》中又說了什麼呢？其詩云：

> 存生不可言，衛生每苦拙。
> 誠願遊崑華，邈然茲道絕。
> 與子相遇來，未嘗異悲悅。
> 憩蔭若暫乖，止日終不別。
> 此同既難常，黯爾俱時滅。
> 身沒名亦盡，念之五情熱。
> 立善有遺愛，胡為不自竭？
> 酒云能消憂，方此詎不劣？

如實地說，「影」依「形」而存在，本無自性；故淵明於詩首即藉「影」而曰：「存生不可言，衛生每苦拙」更增養生之苦。有感於「故老贈余酒，乃言飲得仙；試酌百情遠，重觴忽忘天。」（《連雨

獨飲》）故淵明逕由「形」而說：「誠願遊崑華，邈然茲道絕」。首
四句乃一情境，直接陳述「影」之「存生」、「衛生」，乃至「遊崑
華」之不可為也。緊接其後的四句則針對「形」與「影」的關係而
言。陶淵明於「與子」四句就經驗的形影不離而說「未嘗異悲
悅」、「憩蔭若暫乖，止日終不別。」然而，「悲悅」雖同卻「難
常」，更哪堪「俱時滅」，因此，「影」之所謂「身沒名亦盡，念之
五情熱」便脫口而出。司馬遷云：「僕聞之：修身者，智之符也；
愛施者，仁之端也；取與者，義之表也；恥辱者，勇之決也；立名
者，行之極也。士有此五者，然後可以託於世，而列於君子之林
矣。」（〈報任安書〉，《漢書‧司馬遷傳》）這可說是古來士子共同
的心聲。熟讀《史記》的淵明當亦心有戚戚焉，遂藉「影」曰：
「立善有遺愛，胡為不自竭？酒云能消憂，方此詎不劣？」他這一
連串的提問頗引人注意，亦顯古代文士的價值關懷，故宋‧陳仁子
曰：「生必有死，惟立善可以有遺愛，人胡為不自竭於為善乎？謂
酒能消憂，比之此更為劣爾。觀淵明此語，便是孔子朝聞道夕死，
孟子修身俟命之意；與無見於道、流連光景以酒消遣者異矣。」[27]
　　人生究竟要如何自處才能適性快活呢？「形」曰「得酒莫苟
辭」，而「影」則說「立善有遺愛」。由於「形」與「影」各自立說
而取捨異境，終不得「樂全」[28]，遂導引出《神釋》以示其意。其

---

27 宋‧陳仁子輯，《文選補遺》卷三十六，《陶淵明研究資料彙編‧陶淵明詩文彙
　　評》（下冊）（臺北：明倫出版社，1970年），頁33。
28 語出《莊子‧繕性》：「古之行身者，不以辯飾知，不以知窮天下，不以知窮
　　德，危然處其所而反其性已，又何為哉！道固不小行，德固不小識。小識傷
　　德，小行傷道。故曰：正己而已矣。樂全之謂得志。」郭象《注》：「自得其
　　志，獨夷其心，而無哀樂之情，斯樂之全者也。」（同注25，頁558）成玄英
　　《疏》：「夫己身履於正道，則所作皆虛通也。既而無順無逆，忘哀忘樂，所造
　　皆適，斯樂之全者也。」（同前注）

詩云：

> 大鈞無私力，萬理自森著；
> 人為三才中，豈不以我故？
> 與君雖異物，生而相依附，
> 結托既喜同，安得不相語？
> 三皇大聖人，今復在何處？
> 彭祖愛永年，欲留不得住。
> 老少同一死，賢愚無復數。
> 日醉或能忘，將非促齡具？
> 立善常所欣，誰當為汝譽？
> 甚念傷吾生，正宜委運去。
> 縱浪大化中，不喜亦不懼。
> 應盡便須盡，無復獨多慮。

淵明於詩首即標誌：「大鈞無私力，萬理自森著」，藉以釋「形」云「適見在世中，奄去靡歸期」及「影」謂「此同既難常，黯爾俱時滅」之憂。旋即於「與君雖異物，生而相依附」句下提問：「人為三才中，豈不以我故？」來凸顯我作為一個主體的關鍵在「神」；故宋‧羅大經曰：「我，神自謂也。人與天地並立而為三才，以此心之神也；若塊然血肉，豈足以並天地哉？」[29]「形」、「影」、「神」三者固有主從之別，然而淵明卻藉「神」反問曰：「結托既

---

29 宋‧羅大經，《鶴林玉露》，《陶淵明研究資料彙編‧陶淵明詩文彙評》（上冊）（臺北：明倫出版社，1970年），頁106。

喜同，安得不相語？」此即意謂人心有時役於物，猶如東坡所謂
「長恨此身非我有，何時忘卻營營？」承上，淵明即就人情之實然
而藉「神」以自問自答曰：「三皇大聖人，今復在何處？彭祖愛永
年，欲留不得住。」其後緊接著說：「老少同一死，賢愚無復數。
日醉或能忘，將非促齡具？立善常所欣，誰當為汝譽？」同時針對
前此「形」、「影」所提之解憂方法的反問，即意謂年近「知天命」
的淵明對生命無常之索解的迫切，故乃自慰云：「甚念傷吾生，正
宜委運去。縱浪大化中，不喜亦不懼。應盡便須盡，無復獨多
慮。」羅大經於此曰：「乃是不以死生禍福動其心，泰然委順，養
神之道也，淵明可謂知道之士。」[30]

關於這組詩，宋・葉夢得曰：「《形贈影》曰：『願君取吾言，
得酒莫苟辭。』《影答形》曰：「立善有遺愛，胡為不自竭？」形累
於養而欲飲，影役於名而求善，皆惜生之弊也，故神釋之曰：『日
醉或能忘，將非退齡具？』所以辨養之累。曰：『立善常所忻，誰
當為汝譽？』所以解名之役。雖得之矣，然所致意者，僅在退齡與
無譽。不知飲酒而得壽，為善而皆見知，則神亦將汲汲而從之乎？
似未能盡了也。是以極其知，不過『縱浪大化中，不喜亦不懼。應
盡便須盡，無復獨多慮』，謂之神之自然耳。此釋氏所謂斷常見
也。」[31]宋・周密於「縱浪」四句下亦曰：「此乃不以死生禍福動
其心，泰然委順，乃得神之自然。釋氏所謂斷常見者也。」[32]換言
之，周密、羅大經與葉夢得等人均認為《神釋》中可見佛教之「斷
常見」境界。不過，周密認為唐、宋以降文人受佛教思想之影響，

---

30 同注29。

31 宋・葉夢得，《玉澗雜書》，同注27。

32 宋・周密，《齊東野語》卷九，同注27，頁34。

故常以禪論詩。比如樂天與東坡不僅在詩歌上唱和陶詩，而且亦以佛教思想來論析陶詩，東坡問曰：「淵明形神自我，樂天身心於物，而今月下三人，他日當成幾佛？」便是一例。此外，周密並不同意如楊龜山般地視「影因形而有無，是生滅相」的說法；他強調「壽夭窮達，貧賤富貴，雖曰莫非天命，而亦非造物者所能制之，直付之自然耳！此則淵明《神釋》所謂『大鈞無私力』之論也。」[33]而如王叔岷則說：「此首（《神釋》）言委運，亦即順化。與莊子外生死之旨合。陶公《自祭文》：『余今斯化，可以無恨。』亦是順化之

---

33 周密之論述曰：「坡翁從而反之曰：『子知神非形，何復異人天。豈惟三才中，所在靡不然。』又云：『委運憂傷生，憂去生亦遷。縱浪大化中，正為化所纏。應盡便須盡，寧復事此言！』白樂天因之作《心問身》詩云：『心問身云何泰然，嚴冬煖被日高眠；放君快活知恩否？不早朝來十一年。』《身答心》曰：『心是身王身世宮，君今居在我宮中；是君家舍君須愛，何事論恩自說功。』《心復答身》曰：『因我疎慵休罷早，遣君安樂歲時多。世間老苦人何限，不放君閒奈我何？』此則以心為吾身之君，而身乃心之役也。坡翁又從而賦六言曰：『淵明形神自我，樂天身心於物，而今月下三人，他日當成幾佛？』然二公之說雖不同，而皆祖之《列子》力命之論。力謂命曰：『若之功奚若我哉？』命曰：『汝奚功於物而欲比朕？』力曰：『壽夭窮達，貴賤貧富，我力之所能也。』……命曰：『既謂之命，奈何有制之者。朕直而推之，曲而任之，自壽自夭，自窮自達，自貴自賤，自富自貧，朕豈能識之哉！』此蓋言壽夭窮達，貧賤富貴，雖曰莫非天命，而亦非造物者所能制之，直付之自然耳！此則淵明《神釋》所謂『大鈞無私力』之論也。其後，楊龜山有《讀東坡和陶影答形詩》，云：『君如烟上火，火盡君乃別；我如鏡中像，鏡壞我不滅。』蓋言影因形而有無，是生滅相。故佛云一切有為法如夢幻泡影，正言其非實有也，何謂不滅。此則有墮虛無之論矣。」（同注32。）有關東坡《問淵明》詩，王叔岷說：「子瞻詩：『縱浪大化中，正為化所纏。應盡便須盡，寧復事此言！』夫『縱浪大化中，』則是無所纏。而云『正為化所纏，』子瞻逞其靈慧，反以自纏耳。『應盡便須盡，』固不必言。蓋言則離道。然不言又不足以明道。莊子曰：『吾安得夫忘言之人而與之言哉！』（《外物篇》）明乎此，子瞻當不以陶公為多言矣。」（同注13，頁91。）

意。《莊子・天下篇》:『上與造化者遊,而下與外生死無終始者為友。』陶公晚年之思想,已達此至境矣。」[34]又,關於《形影神》三首,楊勇《陶淵明年譜彙訂》說:「皆善體莊老自然之旨,極陳委運大化之義」;並緊接其後就當時之佛教思潮說:

> 釋慧遠元興元年與劉遺民等建齋立誓,共期西方;元興三年又作〈形盡神不滅論〉及〈釋三報論〉、〈明報論〉;元興九年又立〈佛影銘〉,銘曰:「廓矣大象,理玄無名,體神入化,落影離神。」此皆言形影神三者之關係。佛云:「一切有為法,如夢幻泡影。」淵明此詩,殆示其不同於佛法之見解邪?[35]

從上述引文可知,楊勇並不否認淵明之《形影神》三首確實與慧遠當時所傳播之形神議題有關,但他同時藉由「淵明此詩,殆示其不同於佛法之見解邪?」這一提問來點出詩中所含之意蘊有不同於佛教義理者。

簡言之,我們在這一節所引前賢對淵明《形影神》三首的詮釋有別,實肇因於淵明對老莊與佛學思想的化用不同。如前所析,陶淵明乃藉《形影神》這組詩來呈現其精神生命的發展歷程與覺悟。

---

34 同注13,頁91。
35 同注11,頁443。

四　結論

　　陶詩之為人所喜，乃在於他「質性自然」之個性踐履於現實生活中而又藉由詩歌來表現他的生命情調和人生觀。如果我們單從陶詩之事類辭典出發，實難藉此判其美學思想究屬儒、道、佛哪家之嫡系。比如前述之宋‧陳仁子認為淵明之語乃孔孟聞道俟命之言也；而如周密、羅大經與葉夢得等人則認為《神釋》中可見佛教之「斷常見」境界；至於今人王叔岷則說：「此《形影神》三詩，為探討陶公思想進益之跡，極重要之依據。陶公富於詩人之情趣；兼有儒者之抱負；而歸宿於道家之超脫。三詩分陳行樂、立善、順化之旨，為陶公人生觀三種境界。順化之境，與莊子思想冥合，此最難達至者也。行樂，為李白一生所追求者，然李白終歎『人生在世不稱意！』(《宣州謝朓樓餞別校書叔雲》)立善，為杜甫一生所追求者，然杜甫終歎『儒生老無成！』(《客居》)陶公一生，雖亦多感慨憂慮，而質性自然，終能達順化之境，所以為高也！此為陶公思想最成熟時之境界。」[36]換言之，《形影神》三首可見淵明人生修養的美學境界，這是古今學者的共識；至於它究竟是屬於儒、道、佛三家學派中的哪一家之修養境界，則是人言言殊，莫衷一是。

　　除了意境的探討之外，有關陶詩的寫作方法亦有人專文論及。魏耕原認為陶詩中不僅《形影神》三首通篇議論，而且連田園詩也帶有鮮明的議論色彩，「如果去掉陶詩裡的議論，陶詩就會像失去精氣神一樣，亮麗不起來。」在他看來，「詩要言情，也要有感慨，有議論。議論一多，散文的特徵便滲透於詩中，而這種試驗的

36　同注34。

過程是緩慢漸進的。到了陶詩，出現突變，以大量的議論來抒發日常生活的哲理；散文的結構，頻頻出現的虛詞，邏輯推理的各種散文句式，全方面出現；而且能以平淡而又濃烈的感情注入其中。因而他的議論具有一種自開生面的散文美，啟迪杜甫和韓愈，特別是對宋詩帶來深刻的影響。」[37]陶詩之好議論人生哲理，除了受玄言詩的啟迪之外，理應直取自莊子思辨人生的書寫模式。換言之，陶淵明不僅在「順化之境，與莊子思想冥合」，即如《形贈影》、《影答形》和《神釋》這一組詩的寫作方法亦有取於莊子的書寫模式。比如《莊子・齊物論》云：

> 非彼无我，非我無所取。是亦近矣，而不知其所為使。若有真宰，而特不得其眹。可行己信，而不見其形，有情而无形。百骸、九竅、六藏，賅而存焉，吾誰與為親？汝皆說之乎？其有私焉？如是皆有為臣妾乎？其臣妾不足以相治乎？其遞相為君臣乎？其有真君存焉？如求得其情與不得，無益損乎其真。一受其成形，不忘以待盡。與物相刃相靡，其行盡如馳，而莫之能止，不亦悲乎？終身役役而不見其成功，苶然疲役而不知其所歸，可不哀邪！人謂之不死，奚益！其形化，其心與之然，可不謂大哀乎？人之生也，固若是芒乎？其我獨芒，而人亦有不芒者乎？[38]

---

37 魏耕原，《陶淵明論》（北京：北京大學出版社，2011年），頁192。

38 按：「不忘以待盡」之「忘」字，其他版本皆作「亡」。郭象《注》云：「彼，自然也。自然生我，我自然生。故自然者，即我之自然。」（同注25，頁56）至於「自然」的意涵，他在詮釋「天籟」時說：「夫天籟者，豈復別有一物哉？即眾竅比竹之屬，接乎有生之類，會而共成一天耳。無既無矣，則不能生有；有之未生，又不能為生。然則生生者誰哉？塊然而自生耳。自生耳，非我生也。我

莊子首先以「非彼无我，非我無所取」來說明萬物的共相；然後他即就人之形軀百骸作一種逐層省思的提問：「百骸、九竅、六藏，賅而存焉，吾誰與為親？汝皆說之乎？其有私焉？如是皆有為臣妾乎？其臣妾不足以相治乎？其遞相為君臣乎？其有真君存焉？……一受其成形，不忘以待盡。與物相刃相靡，其行盡如馳，而莫之能止，不亦悲乎？」這一連串表意的設問修辭法不但出現在莊子論及生命的課題時，而且當他體悟到自身「其形化，其心與之然」的悲感時，馬上用「人之生也，固若是芒乎？其我獨芒，而人亦有不芒者乎？」這樣推己及人的疑問句來探尋生命的究竟底奧。又，《莊子・至樂》提問：「天下有至樂无有哉？有可以活身者无有哉？今奚為奚據？奚避奚處？奚就奚去？奚樂奚惡？」可見這一連續地追問意味生命中的自我正從經驗底層試圖翻轉而上精神的世界。陶詩中亦屢見這樣的設問表意法，比如前引《庚戌歲九月中於西田穫旱稻》中提問：「人生歸有道，衣食固其端；孰是都不營，而以求自安？」「山中饒霜露，風氣亦先寒，田家豈不苦？」《飲酒》其三：「所以貴我身，豈不在一生？一生復能幾？」《形贈影》：「適見在世中，奄去靡歸期。奚覺無一人，親識豈相思？」《影答形》：「身沒名亦盡，念之五情熱。立善有遺愛，胡為不自竭？」《神釋》：「三皇大聖人，今復在何處？」「日醉或能忘，將非促齡具？立善常所欣，誰當為汝譽？」等等。因此，陶淵明於《雜詩》其四中明

既不能生物，物亦不能生我，則我自然矣。自己而然，則謂之天然。天然耳，非為也，故以天言之。〔以天言之〕所以明其自然也，豈蒼蒼之謂哉！而或者謂天籟役物使從己也。夫天且不能自有，況能有物哉！故天者，萬物之總名也，莫適為天，誰主役物乎？故物各自生而無所出焉，此天道也。」（同注25，頁50）故成玄英順此即云：「天者，萬物之總名，自然之別稱。」（同前注）

白勾勒出屬於自己的人生願景：「丈夫志四海，我願不知老。親戚共
一處，子孫還相保。觴絃肆朝日，罇中酒不燥。緩帶盡歡娛，起晚
眠常早。孰若當世士？冰炭滿懷抱。百年歸丘壟，用此空名道！」
在體悟了世道人情之後，陶淵明以孔子「好讀書，不知老之將至」
作為他人生的理想標的，此由《讀山海經》第一首詩所謂「眾鳥欣
有託，吾亦愛吾廬。既耕亦已種，時還讀我書。」可見一斑。

　　雖說陶詩無論是意境的呈現，還是寫作方法的設問表意修辭，
皆有取於莊子；然而，佛教之生死輪迴思想固不為淵明所習取，但
其所謂生、老、病、死以至五境生苦之說，實乃人類的共業。《莊
子·至樂》云：「夫天下之所尊者，富貴壽善也；所樂者，身安厚
味美服好色音聲也；所下者，貧賤夭惡也；所苦者，身不得安逸，
口不得厚味，形不得美服，目不得好色，耳不得音聲；若不得者，
則大憂以懼。其為形也亦愚哉！」莊子之言彷若佛教所謂「求不得
苦」；而淵明在此苦業中亦深有其感：「天地長不沒，山川無改時。
草木得常理，霜露榮悴之。謂人最靈智，獨復不如茲」（《形贈
影》）、「存生不可言，衛生每苦拙；誠願遊崑華，邈然茲道絕」
（《影答形》）、「身沒名亦盡，念之五情熱」（同前）、「老少同一
死，賢愚無復數。日醉或能忘，將非促齡具？立善常所欣，誰當為
汝譽？甚念傷吾生。」（《神釋》）順此而說淵明受了佛教思想的影
響，亦乃無可厚非；又如葉慶炳所說：「淵明與慧遠雖不投機，但
卻與慧遠居士弟子周續之、劉遺民相交往」，因此，當他在《和劉
柴桑》中云：「耕織稱其用，過此奚所須！去去百年外，身名同翳
如」，且於《酬劉柴桑》坦言：「新葵鬱北牖，嘉穟養南疇。今我不
為樂，知有來歲不？」也彷若淵明從佛教「如何出離生死苦海」的
思維中找到了自己的福田。

關於陶淵明的生死觀，宋‧羅大經《鶴林玉露》曰：

> 淵明詩云：「既來孰不去，人理固有終。居常待其盡，曲肱
> 豈傷沖。」此修身俟命之意也，可謂了死生矣。謝溪堂詩
> 云：「淵明從遠公，了此一大事。」余謂淵明性資高邁，豈
> 待從遠公而後了。況其言曰：「得知千載外，上賴古人
> 書。」又曰：「羲農去我久，舉世少復真。汲汲魯中叟，彌
> 縫使其淳。」則其於六經、孔、孟之書，故已探其微矣，於
> 了死生乎何有？」[39]

羅氏此言不無道理，《論語‧先進》載：「季路問事鬼神。子曰：『未
能事人，焉能事鬼？』曰：『敢問死？』曰：『未知生，焉知死？』」
又，《論語‧顏淵》載：「子夏曰：『商聞之矣：死生有命，富貴在
天。』」可見孔子所重在現世的生命實踐；不過，《莊子‧大宗師》
所謂「夫大塊載我以形，勞我以生，佚我以老，息我以死。故善吾
生者，乃所以善吾死也。」亦著重在今生的順化隨遷；兩者之別，
乃在於莊子對生死問題有更縝密的論述；因此，陶淵明之了死生當
亦有來自於《莊子》中的穎悟，其《形影神》三首即為明證。

　　人生其實就是自我追尋的生命歷程。在這歷程中，人所要追求
的不過是「自安」二字。因此，當陶淵明捫心自問：「人生歸有
道，衣食固其端。孰是都不營，而以求自安？」時，便能瞬間撞擊
到我們的心坎裡。淵明這一問，無論是儒、道、佛三家教徒，還是
一般的普羅大眾，都會停下腳步來問問自己。黃慶萱說：「就發展

心理學（Developmental Psychology）和學習心理學（Psychology of Learning）的觀點而言，疑問是好奇心的表現，心智趨向成熟的象徵，以及獲取知識的重要手段。」[40]「『疑問』絕不僅僅存在於兒童的心靈；一個成人，尤其是一個『學不厭』的成人，也常常有疑必問。所以『子入太廟，每事問』。」[41]「有疑而發問，因問而釋疑。這是設問的第一種效用；卻非設問的唯一效用。進一步的，我們必須設法挑起別人心中的疑惑，然後尋求疑惑的解決。這就靠『內心已有定見的設問』了。」[42]他進而闡釋說：「『內心確有疑問的設問』是『釋己疑』，相當於佛陀之自覺，耶教之聖父，《大學》之明明德；『內心已有定見的設問』是『釋人疑』，相當於佛陀之覺他，耶教之聖子，《大學》之親民。兩者的相乘，就如《孟子·公孫丑》所引子貢稱讚孔子的話：『學不厭，智也；教不倦，仁也。仁且智，夫子既聖已乎！』於是：群疑冰釋，人我感通，彼此了解，共達至善，盡智踐仁而臻聖人之境。」[43]準此，可見陶淵明在「實腹與向道的省思」之後所寫的《形影神》三首之所以能引起古今學者的討論，乃在於他巧妙地運用設問的表意修辭法，以達自覺覺他之效。

如果說儒家屬於入世的思想，而佛家是出世的，那麼老莊道家則是介於入世與出世之間自然悠遊於人世間的精神表徵。《莊子·達生》載：田開之聞之夫子曰：「善養生者，若牧羊然，視其後者

---

40 黃慶萱，《修辭學》（增定三版）（臺北：三民書局，2017年），頁48。

41 同注40。

42 同注40，頁49。

43 同注40，頁50。

而鞭之。」[44]以明出世與入世皆不能免於身亡,則知養生之要不在
於出世與入世兩端。從陶淵明《時運》所說:「延目中流,悠想清
沂,童冠齊業,閒詠以歸。」可見他是懂得孔子「與點」之樂的。
陶淵明在《歸去來兮辭序》自剖「質性自然」是其宦海出處的關
鍵,而返鄉躬耕亦非離群索居,這即是說陶淵明《飲酒》其五所說
的「人境」,不僅指從宦海移轉到山林生活,而且更想凸顯現實生
活中的人境。因為他人的毀譽和至親的期盼是現實人境中很大的試
煉。換言之,仕與隱的抉擇都不離人境。然則,如何身處人境而無
車馬之干擾呢?平心而論,儒、道、佛三家思想均能提供淵明作一
陶養涵修。職是,有關《形影神》這組詩的美學思想性格究竟是儒
家、道家、抑或佛家這類的問題,實可擱置一旁。

綜言之,雖然《形影神》三首詩讀來確實道家味濃,但是我們
卻不必拘泥於詩中的莊言佛語;如前所述,死生問題實乃儒、道、
佛三家共同的課題,其所異者在於選擇面對的進路不同,儒道兩家
所重在現世的安頓,而佛家則側重出離生死苦海以臻至涅槃境界。
就文學藝術而言,詩歌所重在抒情,不在說理。因此,陶淵明之
《形影神》三首即藉由擬人之「形」、「影」、「神」三者各抒其情以
表其意,亦即以抒情的方式說理。顯然可見,陶淵明創作《形影
神》這一組詩的目的並不在於釐析分判儒、道、佛三家義理何者為

---

44 《莊子·達生》載:田開之見周威公。威公曰:「吾聞祝腎學生。吾子與祝腎
   游,亦何聞焉?」田開之曰:「開之操拔篲以侍門庭,亦何聞於夫子!」威公曰:
   「田子无讓!寡人願聞之。」開之曰:「聞之夫子曰『善養生者,若牧羊然,
   視其後者而鞭之。』」威公曰:「何謂也?」田開之曰:「魯有單豹者,巖居而水
   飲,不與民共利,行年七十而猶有嬰兒之色;不幸遇餓虎,餓虎殺而食之。有
   張毅者,高門縣(音玄)薄(簾也),无不走也,行年四十而有內熱之病以死。
   豹養其內而虎食其外,毅養其外而病攻其內,此二子者,皆不鞭其後者也。」

優，而是想要表達他對生命的整體觀照的人生觀，同時藉由「委運」的體悟心得以提供「好事君子」一個思考生命的向度。換言之，陶淵明雖領受過儒、道、佛三家思想之陶染，卻擁有其看待生命與處世原則之獨立思維。職是，《形影神》三首當視為陶淵明融會儒、道、佛三家思想之人生美學境界的呈現。

附記：原載於華梵大學東研所《2021現代社會的危機與轉機——東方人文思想學術研討會會議論文集》；後經修改。

王維詩中之禪意的美學詮釋

一 前言

王維（西元701-761）博通經集，兼治儒、道、佛三家學問，而以詩畫名聞有唐。關於王維詩作在唐代詩歌史上的地位，敏澤說：

> 唐代的詩歌，基本上是沿著兩條並行的，藝術風格很不相同的道路發展的。一個是以李白和李賀為代表的積極的浪漫主義詩歌創作；一個則是從杜甫、白居易、劉禹錫到皮日休、杜荀鶴等的現實主義的詩歌創作。除此而外，以王維（就其主要傾向說）、孟浩然以至韋應物、司空圖為代表的一群作家，雖然有很高或較高的藝術成就，一些作家也不乏憤世嫉俗之作，但主要地脫離現實，寄跡放浪山水，為所謂超然物外的消極思想所支配。如果說，唐代的詩歌革新和新樂府運動，在理論上得到了陳子昂、李白、杜甫和白居易的闡述，那麼，這一派遠離現實，成就主要在模山範水方面的作家們的創作，在理論上得到的反映，最初就是皎然的《詩式》等，而影響最大的則是司空圖的《二十四詩品》，或稱《詩品二十四則》。《詩式》和《詩品》雖然各不相同，但在基本

精神方面，是完全相一致的。[1]

如上述所陳，唐人不但熾情投入詩歌創作之行列者多，而且熱中於
論詩之作法、格律和意境等課題。這其中以晚唐司空圖（西元837-
908）的《詩品》最為醒目。司空圖於其書中藉二十四種詩境以論
詩人之風格，如「雄渾」品云：「超以象外，得其環中」，而於「自
然」則曰：「薄言情悟，悠悠天鈞」，又於「含蓄」裡高唱：「不著
一字，盡得風流」，以及在「精神」品中明言：「妙造自然，伊誰與
裁？」等等說法，可謂別樹一幟。

關於詩歌的創作與品評的問題，司空圖在〈與李生論詩書〉中
明白指出：

> 文之難而詩尤難，古今之喻多矣。愚以為辨於味而後可以言
> 詩也。江嶺之南，凡足資於適口者，若醯非不酸也，止於酸
> 而已；若鹺非不鹹也，止於鹹而已。中華之人所以充飢而遽
> 輟者，知其鹹酸之外，醇美者有所乏耳。彼江嶺之人，習之
> 而不辨也宜哉。詩貫六義，則諷諭抑揚，渟蓄淵雅，皆在其
> 中矣。然直致所得，以格自奇。前輩諸集，亦不專工於此，
> 矧其下者耶？王右丞、韋蘇州，澄澹精緻，格在其中，豈妨
> 於道學哉？賈閬仙誠有警句，然視其全篇，意思殊餒。大抵
> 附於蹇澀，方可致才，亦為體之不備也，矧其下者哉？噫！
> 近而不浮，遠而不盡，然後可以言韻外之致耳。⋯⋯蓋絕句

---

1 敏澤，《中國文學理論批評史》（上）（吉林：吉林教育出版社，1993年），頁489-
490。

之作，本於詣極，此外千變萬狀，不知所以神而自神也，豈
容易哉？足下之詩，時輩固有難色。儻復以全美為上，即知
味外之旨矣。[2]

司空圖在此以烹煮食物之「鹹酸」味道來比喻詩作品評的困難，而
藉「中華之人所以充飢而遽輟者，知其鹹酸之外，醇美者有所乏
耳」之說以喻唐人作詩多著重於寫作技巧的鍛鍊，鮮能就詩境之
「醇美者」有所陶養；因此，他在其後旋即標舉「詩貫六義，則諷
諭抑揚，渟蓄淵雅，皆在其中矣。然直致所得，以格自奇。」就詩
文評論的立場而言，司空圖力主存雅道，鎮浮華，故云：「王右
丞、韋蘇州，澄澹精緻，格在其中，豈妨於道學哉？」並且強調
說：「近而不浮，遠而不盡，然後可以言韻外之致耳。」「儻復以全
美為上，即知味外之旨矣」。

司空圖強調作家詩格之高乃在於其詩具有「韻外之致，味外之
旨」；即如寫景，亦強調所謂「象外之象，景外之景」[3]。關於司空
圖詩評的風格，清・鄭方坤曰：「唐末人品以司空表聖為第一，其
論詩亦超超元箸，如所云『味在酸鹹之外』，及『采采流水，蓬蓬
遠春』，『落花無言，人淡如菊』等語，色相俱空，已入禪家三
昧。」[4]又清・管世銘亦云：「以禪喻詩，昔人所詆。然詩境究貴在
悟，五言尤然。王維、孟浩然逸才妙悟，笙磬同音。並時劉慎虛、

2　清・董誥等編，《全唐文》卷八〇七（北京：中華書局，1996年），頁8485。

3　司空圖〈與極浦書〉：「戴容州云：『詩家之景，如藍田日暖，良玉生煙，可望而
　不可置於眉睫之前也。』象外之象，景外之景，豈容可談哉？」同注2，頁
　8487。

4　清・王士禎原編，鄭方坤刪補，美李珍華點校，《五代詩話》例言（北京：書目
　文獻出版社，1989年），頁1。

常建、李頎、王昌齡、丘為、綦毋潛、儲光羲之徒，遙相應和，共
一宗風，正始之音，於茲為盛。」[5]唐宋以降，「以禪入詩」、「以禪
喻詩」，由此可見一斑。從「澄澹」一詞看來，司空圖對王維詩風
之評論或當亦著意於王維詩境中之自然禪味。

　　雖然清人姚鼐說：「盛唐人詩，固無體不妙，而尤以五言律為
最，此體中又當以王、孟為最，以禪家妙悟論詩者正在此耳」[6]，
不過今人釋曉雲卻認為王維詩云：「明月松間照，清泉石上流」，
「雖然是一幅好畫，但禪味不濃。」[7]此外，張海沙依王維《偶然
作》：「老來懶賦詩，惟有老相隨」之言而謂「王維選擇佛教經典中
的維摩詰，看重的是其對於消解王維心中矛盾與痛苦的意義。」且
說：「王維在深入佛道與禪道的過程中，在消弭現實矛盾與痛苦的
同時又獲得新的矛盾與痛苦。」[8]面對同一詩人的詩作，卻有不同
的論評，以及關於王維是否如同張氏所說，矛盾終生無法解脫，還
是如蕭麗華所云：「王維的人格與詩格其實是一貫承接，並非矛盾
兩立的，許多世間視為矛盾兩立的現象，在佛家空性的世界中其實
是圓融一味，中道和諧的」[9]等不同論述觀點，均涉及本文對王維
詩境之闡釋，然則，我們將如何進入王維詩中一探究竟呢？

　　詩緣情而作，因事而發，既脫於詩人之手，便成歷史文本。誠
如朱光潛所言，「欣賞一首詩就是再造；每次再造時，都要拿當時
整個的性格和經驗作基礎，所以每次所再造的都是一首新鮮的詩。

5　清・管世銘，《讀雪山房唐詩凡例・五古凡例》，引自唐・王維撰，陳鐵民校
　　注，《王維集校注》（修訂本）第四冊（北京：中華書局，2018年），頁1390。

6　清・姚鼐，《惜抱軒文集・五七言今體詩鈔序目》，同注5，頁1390。

7　曉雲法師，《佛教藝術論集》（臺北：原泉出版社，1991年），頁287。

8　張海沙，《佛教五經與唐宋詩學》（北京：中華書局，2012年），頁271。

9　蕭麗華，《唐代詩歌與禪學》（臺北：東大圖書公司，1997年），頁73。

藝術作品的物質方面，除著受天時和人力的損害以外，大體是固定的；藝術作品的精神方面則時時刻刻都在變化中。或者說得精確一點，都在『創化』中。創造永不會是複演（repetition），欣賞也永不會是複演，真正的藝術的境界永遠是新鮮的。」[10]有鑑於此，吾人將於後文針對王維詩境中具有禪意的詩篇作一美學的詮釋。

二　禪詩中的意境

　　詩歌藝術的典型主要表現在意境上，故禪詩之為詩亦以意境的呈現為其高下之準的。唐代文士與禪人咸皆契心於自然，然而，對自然景象的描寫，兩者所感人的情趣有別。釋曉雲說：

> 詩人也不過借境生情，而思鄉而懷人（如張九齡之海上生明
> 月，天涯共此時。孟浩然之……江畔洲如月，何當載酒來？
> 共醉重陽節……又山光忽西落，池月漸東上……感此懷故
> 人，中宵勞夢想……）之感人常情。禪詩則感人之超情，而
> 啟人之超心，此是禪詩中超越之藝術表現。[11]

在釋曉雲看來，「禪乃智照之境，可以達到人文精神領域最高峰。但它不是離開人生，而是心境之靜態以體認人生，都可遊於物外。」[12]她說：「禪，對人類心靈的啟示，依智不依識。智，已是超乎識感以外，而禪宗所說之智，更超出心思以外。轉識成智，

10　朱光潛，《詩論》（臺北：臺灣開明書店，1986年），頁118。

11　同注7，頁286。

12　同注7，頁278。

『大圓鏡智』,是『般若盡淨虛融』已經過修攝功用,而使心識轉依後之心體,亦即無物不照之用。至此,藝術不祇是形象之唯美,而藝術之精神及其創作之思源,更具足了人類理性底崇高之美。」[13]

依釋曉雲之說,所謂「禪詩」乃指禪人之詩;佐以杜松柏選註《禪詩三百首》,確然可證。杜松柏說:

> 不了解禪人所作的真禪詩,又何以了解唐宋詩人中雜有禪的詩作呢?這一禪詩三百首的選集,雖然不免龍現一爪,鼎嚐一臠,但畢竟可以由一推多,由小見大,以明乎唐宋詩人的禪詩的全神足味,而且知其淵源有自,比較合讀,自然優劣見而是非出了。[14]

釋曉雲謂感人之「超情」與「常情」乃是禪人與文士詩作之別,而杜松柏也說「不了解禪人所作的真禪詩,又何以了解唐宋詩人中雜有禪的詩作呢?」因此,本文以下將從《禪詩三百首》中挑選幾首作例加以賞析,以明禪人如何在其詩中呈現禪境。

禪宗教義,直指人心,見性成佛,不立文字,以心傳心。因此,禪詩首重在示人以禪,例如:元·無見先覩(西元1265-1334)《示興禪人》:

---

13 同注12。

14 杜松柏選註,《禪詩三百首·自序》(臺北:黎明文化公司,1981年),頁4。杜松柏在序裡雖以「禪詩」稱謂「唐宋詩人中雜有禪的詩作」,但可看出其乃順文脈言之;否則,他就不會強調禪人所作之詩為「真禪詩」,且其選集中亦盡是禪人之作。不過,杜松柏後來在其《禪海拈詩──禪詩百粹》(臺北:五南圖書公司,2017年)書中則將王維、蘇軾等唐宋詩人之含有禪意之作總歸為「詩人禪詩」一類。

　　　　無端一念瞥然興，好似浮雲點太清。

　　　　滿疊臺山親到頂，桃花爛熳雨初晴。[15]

這首七絕表面上寫的是作者心念忽起，遂起身上到臺山峰頂，正值
「雨初晴」而見到爛熳盛開的桃花；實則描寫無見先覩幾經諸位禪
師調教，「雖有所契，未臻其極，遂築室華頂，精苦自勵。一日作
務次，渙然發省，平生凝滯，當下冰釋」[16]之悟境。「一念」之迷
悟，全在心行，勤修頓悟，誠乃禪家之法門。

　　禪詩中直接以曹溪命題作詩示人以禪理的，如：明・紫柏真可
（西元1537-1603）《渡曹溪》：

　　　　踏來空翠幾千重，曲折曹溪鎖梵宮。

　　　　欲問嶺南傳底事？青山白鳥水聲中。

茲因六祖惠能曾在曹溪寶林山韶關城之大梵寺開緣說法，故曹溪成
為唐宋以下之禪人參問的寶地。紫柏真可前兩句云：「踏來空翠幾
千重，曲折曹溪鎖梵宮。」既實寫曹溪地處幽深叢林間，亦寫其經
過千重山萬重水才輾轉來到聖地拜謁之艱辛與虔誠；不料佛寺卻彷
彿深鎖其中，故難免頓生徒勞無功之慨。因此，紫柏真可在後兩句
先以問句起首曰：「欲問嶺南傳底事？」來轉換情境。這一問可說
是自問，也是他問。因為「遊參諸方，聞張拙『斷除妄想重增病，
趨向真如亦是邪』之偈語而開悟」[17]的紫柏真可終於慧解住空也是

15　同注14，頁558。本節所引禪人之詩皆出自注14《禪詩三百首》，下不贅言。

16　同注14，頁559。

17　同注14，頁597。

迷，故答以「青山白鳥水聲中」。所謂「禪師乎境」，蓋如此也。

同樣以曹溪為典的，又如：宋・雪竇重顯（西元980-1052）《贈別》：

> 乘興飛帆到翠峯，水光春盡冷涵空。
> 道人若問曹溪意，祇報盧能在下風。

作者在這首七絕裡，首先就藉「飛帆」一詞喻其亟欲尋訪六祖說法處之興致，並以「翠峯」一語點出六祖曾經開緣說法之寶林山；故於第二句便謂「水光春盡冷涵空」以狀山林氣氛兼及所見曹溪之水光山色。順此帶出第三句詩眼「曹溪意」，而末了則接以「祇報盧能在下風」寄語離人，意謂自己已到禪宗之本源地，正自體悟六祖所謂「但用此心，直了成佛」。

另外，亦有使用其他佛典作詩示禪的，如：雪竇重顯《道貴如愚》，其詩云：

> 雨過雲凝曉半開，數峯如畫碧崔嵬。
> 空生不解巖中坐，惹得天花動地來。

在這首七言絕句中，前二句描寫雲雨變化後自然山景之崔嵬如畫；如眾所知，僧人參禪尤喜山居清修，故而後兩句由景入情，描寫空生坐禪證道一事[18]。空生，即須菩提。他乃佛弟子中「解空第一

---

18 關於空生的典故，《標註碧巖錄》云：「不見須菩提巖中宴坐，諸天雨花讚歎，尊者云：『空中雨花讚歎，復是何人？』天云：『我是梵天。』尊者云：『汝云何讚歎？』天云：『我重尊者善說般若波羅蜜多。』尊者云：『我於般若未嘗說一

人」。雪竇重顯在此詩中特標「不解」一語，意在彰顯六祖惠能所說：「莫聞吾說空，便即著空。第一莫著空。若空心靜坐，即著無記空。」[19]換言之，在雪竇重顯看來，「巖中坐」的空生實則尚未證道也。

從自然寫景中透露出禪機者，又如：宋・丹霞子淳（西元1064-1117）《山居》其一：

> 林麓結茅廬，翛然稱所居。
> 松風驚破夢，澗水靜涵虛。
> 春老花猶媚，秋殘葉未疎。
> 良宵無限意，東嶺月生初。

這首五律是丹霞子淳《山居》詩五首中的第一首。作者在首聯即破題寫其家居山林之中。頷聯則以山中常見之景，如「松風」與「澗水」來狀描其居處之氛圍；松風把夢中人驚醒，顯見風力之強，而潺潺澗水涵映太虛，又見其靜寂之境，「驚」與「靜」正是山居歲月之常態也。頸聯承上寫春花秋葉，但非陳述一般的傷春悲秋，而是描寫面對「春老」與「秋殘」之淡然心境；亦即言其不因外境改變而使心念紛雜，故以「花猶媚」、「葉未疎」分接兩句之後。尾聯則是表述無論季節如何更迭，萬物萬象均在其自性當中，不曾生滅，故於末了用「月生初」來點出禪機。

字，汝云何讚歎？』天云：『尊者無說，我乃無聞；無說無聞，是真般若。』又復動地雨花看他須菩提善說般若，且不說體用。」（日・古芳禪師標註，臺北：天華出版公司，1989年二版），頁64。

19 《六祖壇經——敦煌本・流行本合刊》（臺北：慧炬出版社，1993年），頁17。

又，丹霞子淳《山居》詩五首中的最後一首詩云：

> 不戀白雲關，家山撒手還。
> 玉爐香旖旎，石碉水潺湲。
> 庭樹烟籠合，牕軒雨灑斑。
> 經行及坐臥，常在寂寥間。

顯然承第一首詩意而來，故作者於首聯即藉「不戀」與「撒手」這樣強烈的語詞來表達其山居修道的意志。作者在中間兩聯以「玉爐」和「庭樹」來象徵其居家修行的氛圍；室內有旖旎上升的香煙，屋外有潺潺的澗水聲，在屋裡屋外的煙雨交會中，窗外的庭樹因斑斑雨滴而顯得朦朧。這是丹霞子淳用來烘托尾聯所謂「寂寥」之境，而他平日即在此境中行經與坐禪。這首詩描繪出一種詩畫般的意境，而那禪人正置身其中，誠可謂人與境合。

佛家援詩寓禪者，又如明·憨山德清（西元1546-1623）《詠雲》：

> 一點如纖翳，瀰漫塞太虛。
> 但知已起後，不見未生初。

在這首五絕詠物詩裡，憨山德清首聯即以「一點」浮雲就能瀰漫整個天空來隱喻人之「一念無明」亦能染污其心靈。由物及心，繼而在次聯裡藉由人「但知」雲起後之景象以點出人情之常，亦只見現象界之種種紛陳，卻不知從中參悟自性。前聯寫景，後聯言情，而藉雲之「未生初」示人以禪。又其《鄒子胤過訪因示》詩云：

　　為參向上訪曹溪，底事分明本不迷。
　　曉院風生吹翠竹，春山雨過長青藜。
　　閒來始覺諸緣靜，悟後方知萬物齊。
　　最是喚人親切處，五更夢破一聲雞。

憨山德清在首聯即破題述及鄒子胤為求精進修行而前往曹溪參問。就理上說，毫無可疑。然而，禪宗強調眾生平等，自修自成。如此想來，倘若有心成佛，自行自修即可，不必前往曹溪聖地乃成。故詩云「底事分明本不迷」，實則隱喻「本不迷」者反成迷。於是，憨山德清馬上在頷聯裡說「翠竹」與「青藜」由於春風春雨的交泊滋潤而蓬勃生長，以喻此一自然生機正是禪機所在。頸聯云：「閒來始覺諸緣靜，悟後方知萬物齊。」乃是描寫憨山德清悟道之後的心境，亦即心念不起「諸緣靜」，還有體悟到萬物之自性清淨，無有分別，故云「萬物齊」。尾聯所言，亦即憨山德清藉由破曉時分的那「一聲雞」來點醒鄒子胤修道不必遠求，因為道無所不在。顯然可見，為了向來造訪的鄒子胤示現禪理，憨山德清以賦體的寫法來寫詩，所以這首七律讀來像是一篇散文。散文式的書寫最適合講理，然而詩歌本於抒情，所以我們會看到不少禪人如憨山德清一般，使用散文式的賦體來創作詩歌。

　　從本節所引諸詩可見：禪人為了示道與人，在詩歌創作的技巧表現上儘管也能佳構成章，但總以禪境的營造為先；而在其意境中，禪人所抒發之情，誠如釋曉雲所說，皆超情也。

三 王維《與胡居士皆病寄此詩兼示學人二首》等詩之禪意

　　王維身為唐代自然詩派代表之一，其詩作固自有「自然」、「清新」等風格；然而，因其詩作中有些又或隱或顯地具有禪意，那麼我們要從何處入手方能探得王維之禪思意趣呢？老子曰：「吾所以有大患者，為吾有身。」[20]此一大患，就佛家修道而言，亦然。奉佛虔誠的王維，晚年對於年華的老去，特別感到惶恐不安。如其七絕《歎白髮》[21]云：

> 宿昔朱顏成暮齒，須臾白髮變垂髫。
> 一生幾許傷心事，不向空門何處銷？

這首詩雖然淺顯易懂，卻是直入王維心曲之鎖鑰。王維在前兩句以「朱顏成暮齒」、「白髮變垂髫」這麼具體的形象來描寫其自身外在的轉變如此之迅速；他所謂「宿昔」、「須臾」，不但透顯人情對逝去韶光的感歎，實亦隱含其內心的驚恐。看破生死乃學佛參禪的關鍵，五祖曰：「世人生死事大。汝等終日只求福田，不求出離生死苦海。自性若迷，福田何救？」[22]而《楞嚴經》亦云：

---

20 魏・王弼等著，《老子四種》（臺北：大安出版社，2003年），頁10。

21 同注5，第二冊，頁570。陳鐵民注云：「玩詩意，疑當作於安史之亂後。詩題宋蜀本、述古堂本、元本俱作《歎白髮二首》，其第一首為五古《歎白髮》，第二首即本詩。」本文所例舉之王維詩作，均出自陳氏校注本，下不贅言。

22 同注19，頁8。

> 佛言：「汝（按：波斯匿王）今自傷髮白面皺，其面必定皺
> 於童年。則汝今時觀此恒河，與昔童時觀河之見，有童耄
> 不？王言：「不也，世尊！」佛言：「大王！汝面雖皺，而此
> 見精，性未曾皺。皺者為變，不皺非變，變者受滅，彼不變
> 者元無生滅，云何於中受汝生死？」[23]

就佛教而言，身是虛妄的存在，故有生滅；而空性本體是絕對的真實，故無生滅可言。上引經文中，波斯匿王因佛指點，終悟此理。反觀王維，仍執迷於生死之生滅門中，故王維於詩末直言「一生幾許傷心事，不向空門何處銷！」實乃沈痛語也。

　　關於王維直向空門銷解其愁，張海沙認為佛典中的《維摩詰經》對王維的影響頗深。他說：「被推崇為聖人的孔夫子及真人莊子，其思想體系及日常生活實踐都充滿著未能解決的矛盾。同時接受儒道兩家思想的傳統文人更艱難地在入世與出世、濟人與自適、個體與群體、有限與無限、精神與物質等矛盾中掙扎。維摩詰的觀念與實踐是如此地和諧，他以畢竟空觀和不可思議解脫解決了困惑無數文人的矛盾。」[24]然而，他同時指出王維至少有三件難以看空的事。張海沙說：

> 一是大唐王朝激發的建功立業的雄心壯志，二是作為稟賦極
> 高的文人對於文化事業與審美活動的熱愛，三是他從小就享
> 受並十分看重的親情與友情。而且，作為文人的王維，與許

---

23 唐・般刺密帝譯，元・惟則會解，《大佛頂首楞嚴經會解》（上海：上海古籍出版社，2011年），頁24。

24 同注8，頁270。

多文人一樣，究竟無法達到畢竟空。王維早期被廣泛傳唱的
詩歌主要是上述三方面的內容。而晚年的王維，詩歌裡仍然
迴旋著這樣的旋律。[25]

然則，王維「究竟無法達到畢竟空」果真是他「新的矛盾與痛苦」
的緣起嗎？

禪宗六祖云：「從上以來，先立無念為宗，無相為體，無住為
本。無相者，於相而離相。無念者，於念而無念。無住者，人之本
性，於世間善惡好醜，乃至冤之與親，言語觸刺欺爭之時，並將為
空。」[26]王維雖無緣親炙惠能禪師，但曾於天寶四載「受制出
使」，在南陽郡臨湍縣驛中與其嫡傳弟子神會和尚晤談，問「若為
修道」事。[27]其後王維應神會之囑，撰有〈能禪師碑〉。王維頓漸
兼修，移居輞川別業後，奉佛更勤，故於人情靜慮日深。如其《酌
酒與裴迪》云：

酌酒與君君自寬，人情翻覆似波瀾。
白首相知猶按劍，朱門先達笑彈冠。
草色全經細雨濕，花枝欲動春風寒。
世事浮雲何足問？不如高臥且加餐。

《舊唐書・文苑下》曰：「維弟兄俱奉佛，居常蔬食，不茹葷血，
晚年常齋，不衣文綵。得宋之問藍田別墅，在輞口，輞水周於舍

---

25 同注8，頁271。
26 同注19，頁28。
27 同注5，附錄〈王維年譜〉，頁1460。

下，別漲竹洲花塢，與道友裴迪浮舟往來，彈琴賦詩，嘯詠終日。嘗聚其田園所為詩，號《輞川集》。」[28]陳鐵民據新、舊《唐書》等云：「維之藍田山居，蓋供母奉佛持戒之用，非為己隱居習靜而營，他自得藍田山居後至天寶十五載陷賊前，除一度因丁母憂離職外，一直在長安為官。在此期間，他每每在公餘閒暇或休沐之時回山居小憩。他有時較長時間住在輞川，有時又較長時間離開輞川，《輞川別業》云：『不到東山向一年，歸來纔及種春田。』可證。」[29]故將此詩錄入「輞川之什」中。

從詩中可見，中年以後的王維對於詭譎多變的人情感慨頗深，故於首聯末句即以「波瀾」喻人情之「翻覆」無常。隨即於次聯更以「白首相知」與「朱門先達」相對，而配以「按劍」、「彈冠」，更加「猶」、「笑」二字，以壯大其所謂「翻覆」之效。從頷聯「朱門先達」的訕笑裡一轉而為頸聯的草色花枝時景。黃培芳曰：「爐火純青妙極矣，此又七律中高一著者也。極紆徐淡雅之致，立論故不見其輕薄。第七句『世事浮雲』，妙與『春風』『細雨』相為映帶，『何足問』三字將上所論人情世事，一切消納。第八句乃為繳足，去路悠然。」[30]誠哉斯言。王維當真感於一切世間法皆屬虛妄無常，故於尾聯直言：「不如高臥且加餐」，一手推開人間世的糾纏。因此，此詩雖言用以寬人，亦自寬也。

王維守母喪期滿又重回官場任職後，每當他再度返回輞川時，可見其從容閒適之情態躍然紙上。《輞川別業》云：

---

28 後晉・劉昫等撰，楊家駱主編，《新校本舊唐書》（臺北：鼎文書局，1992年），頁5052。

29 同註27，頁1459。

30 翰墨園重刊本《唐賢三昧集箋注》卷上，同註21，頁478。

　　不到東山向一年，歸來纔及種春田。

　　雨中春色綠堪染，水上桃花紅欲燃。

　　優婁比丘經論學，傴僂丈人鄉里賢。

　　披衣倒屣且相見，相歡語笑衡門前。

東山者，乃借指輞川別業。王維在首聯以「種春田」明示其暌違近一年後的「歸來」意。承此，頷聯即描寫其目中所見，「雨中春色」與「水上桃花」相對，本應是輞川常見之景致，然而，王維卻以「綠堪染」與「紅欲燃」這樣的修辭緊接其後，使得經雨洗滌後的春色尤其翠綠，而若水岸上正璀璨開放的桃花更見火紅。如此畫境之所以能入眼簾，可見作者心平如鏡。頸聯對仗亦頗工整。王維以「優婁比丘」和「傴僂丈人」相對，意謂在山居生活中他所交往的朋友有如精通經論的僧人學者和像傴僂丈人那樣「用志不分，乃凝於神」的鄉里賢者。[31]尾聯所謂「披衣倒屣且相見，相歡語笑衡門前」即寫其來往情況。「披衣倒屣」急著迎接熟客，而又熱情交談於「衡門前」，正是鄉野里民之舉措也。整首詩前半就詩題寫景，後半則轉為敘事抒情，讀來自然適意，可謂情景交融。這首七律實可視為王維對輞川時期之山居生活的縮影。

　　在王維的友朋中，道士、居士與僧人，誠可謂其為輔仁的存在。王維之人格修養正有賴於這些良友的切磋琢磨。例如《與胡居士皆病寄此詩兼示學人二首》，其第一首詩云：

31　《莊子・達生》：「孔子顧謂弟子曰：『用志不分，乃凝於神，其病傴丈人之謂乎！』」（引自《莊子集釋》，詳參考書目。）

一興微塵念，橫有朝露身。

如是觀陰界，何方置我人？

礙有固為主，趣空寧捨賓！

洗心詎懸解？悟道正迷津。

因愛果生病，從貪始覺貧。

色聲非彼妄，浮幻即吾真。

四達竟何遣，萬殊安可塵？

胡生但高枕，寂寞與誰鄰？

戰勝不謀食，理齊甘負薪。

子若未始異，詎論疏與親！

這首五言古詩是王維晚年的作品。雖然不知胡居士之詳細背景，但從王維《冬晚對雪憶胡居士家》、《胡居士臥病遺米因贈》等詩可知其乃知己之交。從詩題可見，這首詩的創作乃因「與胡居士皆病」而生，「兼示學人」。王維從「微塵念」起筆，不禁令人聯想到《維摩詰經》中文殊師利問疾，維摩詰曰：

從癡有愛，則我病生；以一切眾生病，是故我病。若一切眾生得不病者，則我病滅；所以者何？菩薩為眾生，故入生死；有生死，則有病。若眾生得離病者，則菩薩無復病。[32]

有疾菩薩，應作是念：「今我此病，皆從前世妄想顛倒諸煩惱生，無有實法，誰受病者！」所以者何？四大合故。假名

---

32 陳慧劍譯註，《維摩詰經今譯》（臺北：東大圖書公司，1990年），頁194。

為身，四大無主，身亦無我。又此病起，皆由著我，是故於
我，不應生著；既知病本，即除我想，及眾生想，當起法想，
應作是念：「但以眾法，合成此身；起唯法起，滅唯法滅。
又此法者，各不相知；起時不言我起，滅時不言我滅。」[33]

維摩詰直言「從癡有愛，則我病生」，又云「有生死，則有病。」
此乃人之常情也，故王維在其五古《歎白髮》裡說：「我年一何
長，鬢髮日已白。俛仰天地間，能為幾時客？」顯然為其年老色衰
而心生恐慌。依佛教，一切煩惱肇始於人之身心，因此，王維在詩
首即以「微塵念」與「朝露身」相對，繼而發出「如是覩陰界，何
方置我人？」的疑問。此言陰界，乃佛教所謂五陰與十八界，泛指
一切諸法。此二句言依此諸法看世界，則我相、人相，判然二分，
我將如何安頓自身呢？

　　上引維摩詰說：「又此病起，皆由著我」，亦即指出凡人咸以自
己為中心，而以世間一切為我所有，此即「病本」。在維摩詰看
來，宇宙間的一切皆由「地、水、火、風」四大和合而成，故其所
有現象都是因緣而生，沒有實相，亦即是空。此其所謂「假名為
身，四大無主，身亦無我。」中歲好道的王維在第五、六兩句云
「礙有固為主，趣空寧捨賓！」可見王維亦懂得維摩詰所謂的「但
以眾法，合成此身；起唯法起，滅唯法滅」之理。王維在此以「礙
有」、「趣空」相對，正顯修道過程中他對我執的思索，然而，修道
之難正在於一念間之迷悟的轉換，故第七、八兩句云：「洗心詎懸
解？悟道正迷津。」即意謂王維對於去除邪念即能從生死中解脫一

33　同注32，頁203。

事是有所質疑的。「因愛果生病，從貪始覺貧。色聲非彼妄，浮幻
即吾真。」第九句至第十二句所說顯示王維求證於經典，若有所
悟，故以「彼妄」、「吾真」相對而言。承此又言「四達竟何遣，萬
殊安可塵？」王維在此追問：究竟該遣除什麼而能令人曉喻苦、
集、滅、道四諦之理，以通向涅槃解脫之路呢？且若世間萬殊本自
虛空不實，則它又如何能染污人的情識呢？王維透過參禪上不斷地
問與答，以明胡居士在修道上的精進，故緊接著乃云：「胡生但高
枕，寂寞與誰鄰？」並於其下兩句以「戰勝」與「理齊」來呈顯胡
居士修佛的成就，亦即「不謀食」、「甘負薪」。末了兩句云：「子若
未始異，詎論疏與親！」可說是呼應本詩起首時的設問：「何方置
我人？」故此二句乃是王維期勉胡居士語，意謂：如若習得《維摩
詰經》所謂「我、無我為二。我尚不可得，非我何可得；見我實性
者，不復起二，是為入不二法門。」[34]即能解離我人之親疏纏縛。
亦即王維《山中示弟》所謂「緣合妄相有，性空無所親」之意也。

　　一念無明，衍生種種煩惱；若能通曉佛法，即知「有無斷常
見，生滅幻夢受。即病即實相，趨空定狂走。無有一法真，無有一
法垢。」（《胡居士臥病遺米因贈》）這是王維的體悟。在他看來，
「居士素通達，隨宜善抖擻。」（同前）故承接第一首詩所謂「礙
有」與「趨空」的抉擇修習後，王維於第二首詩云：

　　　　浮空徒漫漫，汎有定悠悠。
　　　　無乘及乘者，所謂智人舟。
　　　　詎捨貧病域，不疲生死流。

---

34 同注32，頁312。

> 無煩君喻馬，任以我為牛。
> 植福祠迦葉，求仁笑孔丘。
> 何津不鼓棹？何路不摧輈？
> 念此聞思者，胡為多阻修？
> 空虛花聚散，煩惱樹稀稠。
> 滅想成無記，生心坐有求。
> 降吳復歸蜀，不到莫相尤。

這首詩一開始即以「浮空」、「汎有」相對，而分別加之以「徒漫漫」、「定悠悠」修飾之，可見王維對佛法的理解。空有不二乃維摩詰向文殊師利等人所說法。依佛法，執有固是妄，住空亦是病。維摩詰曰：

> 彼有疾菩薩，為滅法想，當作是念：「此法想者，亦是顛倒；顛倒者，即是大患，我應離之。」云何為離？離我我所。云何離我我所？謂離二法。云何離二法？謂不念內外諸法，行於平等。云何平等？謂我等涅槃等。所以者何？我及涅槃，此二皆空。以何為空？但以名字故空。如此二法，無決定性；得是平等，無有餘病；唯有空病，空病亦空。是有疾菩薩，以無所受而受諸受；未具佛法，亦不滅受而取證也。設身有苦，念惡趣眾生，起大悲心，我既調伏，亦當調伏一切眾生；但除其病，而不除法，為斷病本而教導之。[35]

---

35 同注33。

這裡所謂「不念內外諸法，行於平等」即是超離顛倒法想。因為
「是諸眾生若心取相，則為著我人眾生壽者。若取法相，即著我人
眾生壽者。何以故？若取非法相，即著我人眾生壽者，是故不應取
法，不應取非法。以是義故，如來常說：汝等比丘，知我說法，如
筏喻者，法尚應捨，何況非法。」[36]維摩詰在此強調「但除其病，而
不除法」，正基於「我及涅槃，此二皆空。以何為空？但以名字故
空。如此二法，無決定性；得是平等，無有餘病；唯有空病，空病
亦空。」換言之，如能體認「我」與「涅槃」都是空性無體而平等
無別，則斷病本；然若悟道後，「執空」住心，病根又起，故需「以
空空之」。準此，可知王維詩首云「浮空徒漫漫，汎有定悠悠」，意
在點明從生死等諸煩惱的此岸以至菩提涅槃的彼岸是多麼地悠遠無
際。然則，凡人當如何修習以臻至之呢？王維云：「無乘及乘者，
所謂智人舟。」此二句藉《楞伽經》所謂「無乘及乘者」[37]之典，
以示一乘教法教人知生死無自性，生死即涅槃，一如船能運載眾生
到達涅槃彼岸；因此，眾生若能修行一乘法門，即如搭乘「智人
舟」到達涅槃岸而獲得真實的解脫。

　　王維在前四句以「浮空」、「汎有」點出「智人舟」，而於後四

---

36 明・朱棣集注，《金剛般若波羅蜜經集注》（上海：上海古籍出版社，2011年），
頁64-68。

37 《楞伽經・一切佛語心品第二》偈言：「諸天及梵乘，聲聞緣覺乘；諸佛如來
乘，我說此諸乘，乃至有心轉，諸乘未究竟；若彼心滅盡，無乘及乘者。無有
乘建立，我說為一乘。引導眾生故，分別說諸乘。解脫有三種，及與法無我煩
惱智慧等解脫則遠離。」（宋・釋正受集注，《楞伽經集注》〔上海：上海古籍出
版社，2011年〕，頁56）依佛教，修行境界有所謂一乘、二乘、三乘、四乘、五
乘之別，此「乘」為車乘，以譬佛之教法。此外，乘者乃梵語，舊曰衍，新曰
野那，即乘載之義，以名行法，乘行人使至其果地之意。（參上海佛學書局編，
《實用佛學辭典》，台中：台中蓮社，1990年。）

句云「詎捨貧病域，不疲生死流。無煩君喻馬，任以我為牛」以呼
應詩題，再次回到「與胡居士並病」的思緒上。既悟「我」與「涅
槃」皆為假名，亦即是空，故王維於此藉「詎捨」、「不疲」之詞以
示其隨緣修道之志，且於喻馬喚牛無所關心。然而，王維在「植
福」以下四句卻轉換成另一情境。他以「植福」、「求仁」「祠迦
葉」、「笑孔丘」兩兩相對，使第九、十兩句在形式上構成一個對
仗，而且在文意上亦造成一種對比。從「植福」句的第三字「祠」
與「求仁」句的「笑」，可見其典範的抉擇：寧願學迦葉苦行植
福，而不效法孔子以仁致仕卻無功。第十一、十二句云「何津不鼓
棹，何路不摧輈？」即知第九、十兩句是對等的，「何津」句正銜
接「求仁」句而來，以明無論選擇何種修身方式，均需歷經「鼓
棹」、「摧輈」等艱辛的過程。正因為深知修身證道的艱辛歷程，故
王維於其下即云：「念此聞思者，胡為多阻修？」以扣詩題謂「兼
示學人」，並在第十五、十六句答曰：「空虛花聚散，煩惱樹稀
稠。」佛教說法善用譬喻，花開花落與樹生樹皆屬自然，本自無
常，即空也；故王維以「空虛花」、「煩惱樹」相對，以顯佛理。第
十七、十八句云：「滅想成無記，生心坐有求。」意謂：既悟一切
有為法猶如「空虛花」，當離滅一切念想，不作任何判斷；然若因
此而求一利智斧以伐一切念想之「煩惱樹」，亦即執空為有；故王
維在此以「滅想」、「生心」、「無記」、「有求」相對成偶來說佛法的
有無生滅之理。詩末兩句曰：「降吳復歸蜀，不到莫相尤。」趙殿
成注云：「《蜀志·黃權傳》有『降吳不可，還蜀無路』之語，右丞
借用其字承上而言，以喻滅想、生心皆非入道之徑耳。」[38]正因有

---

38 唐·王維撰，清·趙殿成箋注，《王摩詰全集箋注》（臺北：世界書局，1962
年），頁26。

此體悟，故王維最後以「不到莫相尤」示胡居士與學人：禪宗教法以心傳心，自修自證。

　　從上述這兩首五言二十句的古詩可見，王維古詩頗重篇章的安排。在第一首五古裡每四句為一情境，共有五個情境的轉換，王維透過這樣形構的篇幅，逐次展開他對現實的探問與佛理的體悟，以與胡居士互通心曲。所謂「居士」乃指在家持戒奉佛修行之人。此所以王維得以透過詩歌與胡居士共參佛言。第二首五古的篇章安排如同第一首。就內容而言，可謂銜接前首而作進一步的鋪陳。雖然維摩詰謂「一切法皆入不二門」，亦即動靜不二，真妄不二，空有不二；但是修道之難正在於一念悟後，一念又迷，故王維在第二首詩裡即由「浮空」句入手，以言習禪修佛之艱辛歷程。

　　如眾所知，漢魏以下，中國士子除了受儒道兩家思想的影響之外，亦不免受到佛教思想的薰陶。唐代文士對佛教禪宗的傾慕更勝從前。因此，對長於儒家修身淑世之教義下的文士而言，在其人格形塑的終極關懷之選擇上有了不同的向度。關於這個問題，張海沙認為，在封建社會中後期，中國文人的心中都有一個維摩詰的居士人格形象。他說：

　　　　從唐代王維、白居易開始，宋代蘇軾、黃庭堅、陸游，甚至
　　　　金代元好問，直到明代陳白沙、王世貞、一直延續到清代吳
　　　　偉業、王士禎、朱彝尊等傑出文人，其內心都將維摩詰作為
　　　　了理想的人格範式。維摩詰精神也是中國傳統文化中居士文
　　　　化的核心內涵。[39]

---

39 同注8，頁269。

張海沙認為「維摩詰作為外來人物形象取代了傳統的典範人物，而成為唐代及後世文人的理想人格。」乃因「這一理想人物解決了困惑文人的出世或處世的根本矛盾，讓文人優遊於二者之間。《維摩詰經》特有的『空觀』和『不二法門』及不可思議的神通力都使唐代文人嚮往，它給唐代文人開拓了極大的想像空間，為唐代文人的想像力插上翅膀。《維摩詰經》更賦予了唐代文人思想的智慧，為中國傳統文化增加了新的質素。」[40]換言之，佛教思想提供了唐代文士精神上的依靠。依此，回味王維本詩所云「植福祠迦葉，求仁笑孔丘。」誠乃實話也。

四　王維輞川之什中的禪意

輞川時期或可說是王維生命中奉佛參禪的悟修契機，而在王維詩集裡常令人津津樂道者亦莫過於「輞川之什」[41]。除了前文所述及的《酌酒與裴迪》中有感於世間一切法皆屬虛妄無常之外，王維在《秋夜獨坐》裡對佛法性空也有一些參悟。其詩云：

> 獨坐悲雙鬢，空堂欲二更。
> 雨中山果落，燈下草蟲鳴。
> 白髮終難變，黃金不可成。
> 欲知除老病，惟有學無生。

---

40 同注8，頁268。

41 此所謂「輞川之什」，乃依陳鐵民《王維集校注》所考之編年詩，不限於《輞川集》二十首。

王維在首聯即破題書寫其「獨坐」「空堂」到夜半二更的悲愁。這不僅是點出秋夜獨坐的時間與空間，其實還藉由「空堂」一詞，隱伏了尾聯的體悟。在《維摩詰經》裡，當文殊師利與諸菩薩等大眾入毘耶離城詣維摩詰問疾時，經文曰：「（維摩詰）即以神力，空其室內，除去所有，及諸侍者，唯置一床，以疾而臥。」[42]實即隱喻維摩詰藉「空其室內」以示現「諸佛國土，亦復皆空！」故此「空室」之義或為王維「空堂」之辭源靈感。頷聯從堂內拉到屋外的場景，「雨中」與「燈下」相對，以承上言「二更」，在雨中又聞「山果」掉落和「草蟲」鳴叫的音聲交迭，夜半無人的寂靜氛圍由此「動」中湧現。頸聯則又從這「動」中之靜迴轉到堂內獨坐的自己。面對雙鬢的「白髮」，王維直言「終難變」；至於道教所謂煉丹成仙之「黃金」術，他也明白了「不可成」。人生至此可謂完全無望。在此生滅中，王維終悟解脫之法，故於尾聯曰：「欲知除老病，惟有學無生」。在佛教，稱生、老、病、死為四苦。亦即此謂「老病」之意。王維所謂「無生」乃佛家語。它與涅槃、法性等含義相同。「無生」即「無滅」。《維摩詰經》云：「見身實相者，不起見身及見滅身；身與滅身，無二無分別，於其中不驚不懼者，是為入不二法門。」[43]從王維這首五言律詩中可見，在形式上頷聯與頸聯自然成對，而意義上則相連屬，「山果落」、「草蟲鳴」、乃至「白髮終難變」，均在生滅中。四聯之中，意義相連而有情境的轉換，以示其禪悟之意境。

　　清人方東樹曰：「王摩詰輞川於詩，亦稱一祖。然比之杜公，

---

42 同注32，頁192。

43 同注32，頁317。

真如維摩之於如來,確然別為一派。」[44]而明‧胡應麟則曰:

> 右丞《輞川》諸作,卻是自出機軸,名言兩忘,色相具泯。
> 又曰:「千山鳥飛絕」二十字,骨力豪上,句格天成,然律
> 以《輞川》諸作,便覺太鬧。[45]

此所謂「名言兩忘,色相具泯」,當是唐宋以後論謂王維詩作入禪
之由。

　　王維自移居輞川後,蓋因習佛日深,影響所及即其詩作寫景的
同時即是寫意。王維寫詩喜藉自然景象以烘托出一種自然的意境,
比如《山居秋暝》:

> 空山新雨後,天氣晚來秋。
> 明月松間照,清泉石上流。
> 竹喧歸浣女,蓮動下漁舟。
> 隨意春芳歇,王孫自可留。

這首五律是王維晚年居隱輞川時所作,詩中藉由秋晚山景的描寫以
表達其歸隱的心境。王維於首聯起句即描寫經雨滌洗後的「空山」
所呈顯之秋高氣爽的清新氛圍,以啟詩題;而於頷聯則謂:明亮的
月光穿過松林,照見清澈的泉水從石上流過。「明月」映照與「清
泉」奔流是「靜」與「動」的對舉,頸聯順此而寫動態之美,即
謂:竹林因風吹而搖動作響,一如浣女們的喧鬧聲;而蓮花隨風搖

44　《昭昧詹言》卷一六,同注5,頁1393。

45　《詩藪》內編卷六,同注21,頁469。

曳亦如漁夫輕搖船槳順流而下；分明是浣女們的喧鬧，卻說是「竹喧」；而漁舟的擺動也說成是「蓮動」；顯然可見，王維使用擬人法將「竹」與「浣女」，「蓮」與「漁舟」聯繫起來，讓人從「竹聲」和「蓮動」這一聽覺和視覺中形構出「動中之靜」的靜謐諧和之象。尾聯一轉而云「隨意春芳歇，王孫自可留」，雖典出《楚辭‧招隱士》，卻反用其意而言任隨春花逝去，亦自有秋景可供王孫公子賞玩。

　　關於《山居秋暝》這首詩，歷來的賞鑑不一，比如宋徵璧曰：「王摩詰『明月松間照，清泉石上流』，魏文帝『俯視清水波，仰看明月光』，俱自然妙境。」[46]然而，沈德潛卻云：「中二聯不宜純乎寫景。如：『明月松間照……蓮動下漁舟。』景象雖工，詎為模楷？」[47]而若前引釋曉雲亦於此曰：「雖然是一幅好畫，但禪味不濃。」沈德潛之質疑或即如釋曉雲所強調的「藝術不祇是形象之唯美，而藝術之精神及其創作之思源，更具足了人類理性底崇高之美。」王維於尾聯云「隨意春芳歇，王孫自可留」，正見出其未脫俗情塵縛。這或即是釋曉雲論謂此詩「禪味不濃」之因。

　　由於王維精進勤修，故於詩作之意境上常能呈現出禪悟後的寂靜之美。關於「寂靜」，《大般涅槃經》云：「寂靜有二：一者心靜，二者身靜。身寂靜者，終不造作身三種惡；心寂靜者，亦不造作意三種惡；是則名為身心寂靜。身寂靜者，不親近四眾，不預四眾所有事業；心寂靜者，終不修習貪欲恚癡；是則名為身心寂靜。」[48]

---

46 《抱真堂詩話》，同注21，頁494。

47 《說詩晬語》卷上，同注21，頁495。

48 北涼‧曇無讖譯，《大般涅槃經》卷二十五，〈師子吼菩薩品第二十三之一〉（臺北：新文豐出版公司，1987年再版），頁343-344。

《輞川集》裡不乏表現寂靜之樂者，如《竹里館》：

> 獨坐幽篁裏，彈琴復長嘯。
> 深林人不知，明月來相照。

在這首五絕裡，王維利用竹林與明月以營造出清幽澄淨的情境，而在此情境裡，首聯中「獨坐」之人兀自「彈琴復長嘯」，至於琴音嘯聲如何，不作任何描述，亦即無所關心，乃所謂「遺貌取神」；故尾聯所謂「深林人不知，明月來相照」，則謂他人知不知我之才情與悲喜，亦無關緊要，自有天心知我心。王維以大地之幽篁深林搭配明月高照之境，來烘托在此夜空裡獨坐彈琴人的寂靜意趣，儼然形構出一幅天人合一的畫境。在《輞川集》裡，類似這樣的意境俯拾即是，比如《鹿柴》：

> 空山不見人，但聞人語響。
> 返景入深林，復照青苔上。

依《輞川集》序文可知，鹿柴乃輞川山谷中可供遊賞地之一。王維首聯即藉「視覺」、「聽覺」相對而言「不見人」、「人語響」，以烘托「空山」之況味；至於「人語響」中談及何事，他則毫不關心。是故，尾聯順其眼力所及處而云「返景入深林，復照青苔上。」全然以一種物觀物的心境來描寫自然絪蘊之景致。

又如王維題友人皇甫岳所居之雲溪別墅組詩《皇甫岳雲溪雜題五首》之一的《鳥鳴澗》：

人閒桂花落，夜靜春山空。
月出驚山鳥，時鳴春澗中。

王維在首聯以「桂花落」下之紛飛景象來烘托春天靜夜的「空山」
樣貌，而於尾聯則用一「驚」字勾連起「月」與「山鳥」這一靜一
動之物象，以狀述山中靜夜的生態。這首詩所描寫的是在山中的春
夜裡人禽具寂，因為「人閒」於室，故顯屋外桂花自開自落的無礙
自得；且由於四周闃寂幽暗，這時緩緩升起的明月竟使得沈睡中的
鳥兒被亮光照醒而發出驚嚇的鳴叫聲，而那鳴叫聲正伴隨著澗水聲
迴盪在夜空之中。

　　王維即景寫物以寓其意者，又如《輞川集》裡的《辛夷塢》：

木末芙蓉花，山中發紅萼。
澗戶寂無人，紛紛開且落。

王維在這首詩的首聯以詠物起興，描寫山中狀似芙蓉的辛夷花正在
枝頭綻放，而於尾聯則強調雖「無人」欣賞，辛夷花亦且自開自
落，不違其性。

　　關於上述諸詩，明代胡應麟曾云：「太白五言絕，自是天仙口
語，右丞卻入禪宗。如『人閒桂花落……』『木末芙蓉花……』讀
之身世兩忘，萬念皆寂，不謂聲律之中，有此妙詮。」[49]誠如黃周
星曰：「此何境界也，對此有不令人生道心者乎！」[50]然而，讀者

49　《詩藪》內編卷六，同注21，頁684。
50　《唐詩快》卷一四，同注21，頁684。按：評《鳥鳴澗》所言。

於此所生之「道心」為何呢？其實不僅言禪，比如葉維廉即認為「王維和一些他的同輩詩人的作品中，寂、空、靜、虛的境特別多」[51]，乃是受到道家老莊思想的影響所致。他說：

> 莊子和郭象所開拓出來的「山水即天理」使得喻依和喻旨融合為一：喻依即喻旨，或喻依含喻旨，即物即意即真，所以很多的中國詩是不依賴隱喻，不借重象徵，而求物象原樣興現的，由於喻依喻旨的不分，所以也無需人的知性介入去調停。是故《莊子》提供了「心齋」、「坐忘」、「喪我」，以求虛（除去知性的干擾）以待物，若止水全然接受和呈示萬物具體、自由，同時並發而相互諧和的興現，亦即是郭象所說的「萬物歸懷」。[52]

換言之，王維於《竹里館》中言「獨坐」，《鹿柴》狀「空山」，《鳥鳴澗》裡謂「人閒」，乃至《辛夷塢》中見花「紛紛開且落」，在在表現出天理的律動，不需詩人多作演繹。誠然，在《竹里館》等詩裡，有如畫一般的構圖：山水、人物、花、鳥，以及明月都各有其時，各順其性地自然呈現。老莊的自然觀對魏晉以下詩歌的影響自是不可否認的。不過，王維奉佛至誠也是我們必須正視的，此所以在其詩作中，往往可以看到老莊的自然觀與禪宗的「言語道斷」思想緊密地結合在一起，比如王維《終南別業》所謂「行到水窮處，坐看雲起時」，以及《酬張少府》中云：「松風吹解帶，山月照彈

---

51 葉維廉，《中國詩學》（臺北：臺大出版中心，2014年），頁92。
52 同注51，頁88。

琴。君問窮通理，漁歌入浦深。」均在一無我的自然境界中透顯出禪意。[53]

五　結論

意境作為詩歌藝術的典型，所重在於詩人主觀情意的表現，然而，誠如朱光潛所說：「詩的情趣都須從沈靜中回味得來，所以主觀的作品都必同時是客觀的。詩也可以描寫旁人的情趣，但詩人要了解旁人的情趣，必先設身處地，纔能體物入微，所以客觀的亦必同時是主觀的。老子說：『故常無欲以觀其妙；常有欲以觀其徼』無欲以觀其妙，便是所謂『客觀的』『不動情感主義』，有欲以觀其徼，便是所謂『主觀的』。真正大詩人都要同時具有這兩種本領。」[54]前述王維諸詩可證。

綜合言之，禪人詩中所重在於藉自然萬象指點修道成佛之迷津、過程與悟境，故禪語、佛典等事類辭典時現於文句當中，而呈現出宗教之超越情感的意境；至於王維詩中禪意的呈顯方式大體有二：其一，如第三節《與胡居士皆病寄此詩兼示學人二首》等詩亦藉禪語佛典以言其疑、參、迷、悟的修道過程，故將此類詩作比之第二節所陳禪人諸詩，亦且自然飄出濃濃禪味；其二，如第四節輞川之什藉天人合一之自然境界以顯空寂之禪悅意趣。禪人之詩所重在於空寂之中點出禪機以示學人，即如前引憨山德清《詠雲》，前

---

53 有關王維《終南別業》等詩的闡釋，見拙文〈從釋曉雲《坐看雲起時》談禪詩與禪畫的美感〉，《第一屆佛教藝術學術研討會會議論文集》（華梵大學佛教藝術學系主辦，2019年12月17-18日），頁23-34。

54 同注10，頁37。

聯寫景，後聯直言人情「但知已起後，不見未生初。」反觀王維，從《竹里館》的「深林人不知」到《辛夷塢》中辛夷花的「紛紛開且落」，只寫眼前景，不言心中情，實則意謂辛夷花不因無人欣賞而自開自落，正如人之知我不知，我亦無所關心；物我兩忘，無所交接，無礙自得，故知王維以寫景寫意也。

　　人或因王維寫詩喜用「空」字造詞，比如「空山」、「空林」、「空翠」、「空庭」及「空堂」等等，故依此修辭說王維詩歌頗具禪境空寂之美。本文以為如前所述，維摩詰藉「空其室內」以示現「諸佛國土，亦復皆空！」故此「空室」之義或為王維「空堂」之辭源靈感。這即是說，王維造詞恐非僅就詩歌之形式技巧表現而斟酌字句，更為重要的是，他欲藉由遣詞造句來抒發其一心向佛之修道心境。依佛教，「空」字意謂因緣所生之法，究竟而無實體。《維摩詰經‧弟子品》曰：

> 諸法畢竟不生不滅，是無常義；五受陰洞達空無所起，是苦義；諸法究竟無所有，是空義；於我、無我而不二，是無我義；法本不然，今則無滅，是寂滅義。[55]

這是維摩詰對佛弟子迦旃延所說的有關「無常、苦、空、無我、寂滅」等佛法五大基本理論的意涵。他強調「一切心物本態，畢竟不生不滅，常性亦不可得，才是無常的真義；從色、受、想、行、識五蘊本空，能洞悉它的苦受作用並無生處，苦性也說不上，這是苦的真義；世間萬有原態就是本來無一事，就是無有亦不可得，這是

空的真義！因此，五蘊身的我與法身的我本是不二不異，此不二不異也說不上，這是無我的真義；一切法本來不生，也自無滅，就是生滅現象也說不上，這是寂滅的真義。」[56]而所謂「空寂」，語自《維摩詰經‧佛國品》云：「不著世間如蓮華，常善入於空寂行；達諸法相無罣礙，稽首如空無所依。」[57]原為長者子寶積頌讚佛陀身在世間而能如蓮花在水不染不著，亦能自由自在地在寂光定中度人。[58]陳慧劍譯註：「空寂，指三昧的境界。外無諸法之相為『空』，內無生滅之心為『寂』。也就是修道人的所求境界。」[59]祁志祥就美學的角度闡釋說：「佛教認為『涅槃』和體認『涅槃』的心靈狀態是至樂至美。『涅槃』的本義是『寂滅』。『寂滅』由空間言是『空』，由時間言是『靜』。自然界的空曠寂寥和寧靜無動最能體現『涅槃』本體。因此，『涅槃』之美又集中凝聚為虛空之美和靜寂之美。」[60]又說：「王維深通『空有相生』之中道觀和『以有補空』之辯證法，語言技巧又十分高妙，因而空相之美在他筆下得到很高的藝術體現。」[61]

準上所說，當我們重讀王維《偶然作》之六[62]時便自有不同的

---

56 陳慧劍譯註文，同注32，頁133。

57 同注32，頁39。

58 同注32，頁49。

59 同注32，頁44。

60 祁志祥，《中國佛教美學史》（北京：北京大學出版社，2010年），頁24。

61 同注60，頁26。

62 此詩諸本皆作《偶然作》之第六首，但陳鐵民根據唐朱景玄《唐朝名畫錄》、唐張彥遠《歷代名畫記》與宋郭若虛《圖畫見聞志》等書考之，認為「此詩當作《題輞川圖》，不應曰《偶然作》；《萬首唐人絕句》即採『宿世』四句為一絕，題作《題輞川圖》。又，《輞川圖》既畫於清源寺（即輞川莊，維施莊為寺後，改用此名）壁，則此首題圖之詩，亦當作於維晚年（據首二句可知）居輞川

體會。其詩云：

> 老來懶賦詩，惟有老相隨。
> 宿世謬詞客，前身應畫師。
> 不能捨餘習，偶被世人知。
> 名字本皆是，此心還不知。

這首五言古詩看似淺顯易懂，其實蘊含了王維對自己一生學佛求道的觀照。王維在詩作的第一聯裡連用兩個「老」字，其含意卻不同於《歎白髮》中對年華逝去的驚恐，而只是淡淡地說自己不再像少壯時那麼熱中執著於以「賦詩」寫意交人，且將順隨韶華老去，故以「懶」字作修辭以示其無所謂之心。依佛教，人有過去、現在和未來三世，故王維於第二聯中言及「宿世」、「前身」的問題；值得注意的是，王維說他今生擁有「詩人」這一身份乃是「宿世」謬誤的因緣，而認為自己「前身應畫師」。表面上看來，王維在詩人與畫家之間作了身份的選擇，其實不然。佛經有云：「心如工畫師」，意謂大畫師之心能觀察萬象千姿而不動不住。又《大般涅槃經》云：「是身無常，念念不住，猶如電光暴水幻燄；亦如畫水，隨畫隨合。」[63]學佛又善畫山水的王維在此聯中應就詩畫於禪境的表現上而說。然而，王維在第三聯裡馬上推翻前聯的肯認而說「不能捨餘習，偶被世人知。」所謂「餘習」，語出《維摩詰經》謂菩薩能

時。」（同注21，頁521。）又，陳氏所收錄之詩文云：「老來懶賦詩，惟有老相隨。宿世謬詞客，前身應畫師。不能捨餘習，偶被世人知。名字本習離，此心還不知。」本文此處所引乃趙殿成本。

63 同注48，卷一，〈序品第一〉，頁10。

「深入緣起，斷諸邪見、有無二邊，無復餘習。」[64]王維用此佛典，意謂自省己身尚且不能如修道有成的菩薩般斷滅一切有為法，而仍在今世寫詩作畫。因此，王維於末聯頓悟而言：「名字本皆是，此心還不知。」王維，字摩詰，有取於維摩詰「委身在俗，輔釋迦之教化」的居士形象，此乃盡人皆知的事。依佛典，維摩詰乃「維摩羅詰」的簡稱，其義為淨名。「淨者，清淨無垢之謂。名者，名聲遠布之謂。」[65]王維在此言「名字本皆是」，亦即頓悟心體自性清淨即如「維摩詰」之名，而自己卻一直向內外尋解不得，故於末了云「此心還不知」。由此可見王維一生學佛參禪的歷程。

王維在《秋夜獨坐》裡領悟「欲知除老病，惟有學無生。」依佛教，凡修道之人能通過欲、色及無色等三界而出無色界最後一天便是「無生」的阿羅漢境界。這一境界或許是王維亟欲達到的，故其詩云：「誓陪清梵末，端坐學無生。」（《遊感化寺》）又曰：「寒空法雲地，秋色淨居天。身逐因緣法，心過次第禪。不須愁日暮，自有一燈燃。」（《過盧員外宅看飯僧共題七韻》）經由本文前述對王維習佛之心路歷程的闡釋，我們始能領會王維所謂「晚知清淨理，日與人群疏」、「一悟寂為樂，此生閒有餘。」（《飯覆釜山僧》）等詩中所要呈現的禪悟與空寂之意境。

　　附記：原載於臺灣學生書局出版之華梵大學《指月──2020第二屆佛教藝術學術研討會論文集》；略作修改。

---

64 同注32，頁13。

65 同注37所引辭典，頁1653。

試論曉雲法師對孔子美學思想的繼承與發展

一　前言

　　今人曉雲法師以禪畫名聞國際，而且學貫儒、道、佛三家之說。因此，當我們論及法師的學養時，除了佛學造詣之外，就屬禪畫為人所津津樂道。筆者對曉雲法師的認識，即結緣於她的畫作。當我第一眼看到《尋解》那幅畫時，一個背著行囊的女子正往深山的頂峰邁進的畫面便深深地吸引住我所有的目光。剎時，我彷彿看到了年少尋夢的自己，當下感動莫名。曉雲法師曾反思說：「藝術到底是什麼？直至今日，仍然感到難以解答。如果是真的具足了生命力的作品，使人第一眼看見，便馬上覺得觸著了什麼似的。很快的在心靈上引發一種思緒，而且是屬於一種不可迴避的。在這情境裡，除了藝術之心的分泌之融匯，還有什麼可以解釋。」[1]我想曉雲法師的這段話恰足以說明那畫作的藝術性和我對那畫作的美感體驗。因為那畫傳達了尋解人生的意義這個普世的價值。

　　平心而論，關於曉雲法師的禪畫，不懂寫畫的我是難以置喙的。不過，由於前述賞畫的因緣，對於法師藝術創作背後的美學思想，倒令我起了一探究竟的興味。曉雲法師主要的美學思想是什麼

1　曉雲法師，《印度藝術》（臺北：原泉出版社，1994年），頁193。

呢？關於這個問題，曉雲法師曾在書中提及。她說：

> 藝術，不祇供人欣賞的逸品，並且有發人深省的砥礪精神。
> 古之論畫藝一門；扶政教助人倫，與六籍同功，四時并運。
> 然而文明煥發的時代，當然一切學說都有新發展的趨向，如
> 何能許藝術仍循古觀念以概今之思維；是以為藝術而藝術之
> 思想，當然也是現代中國藝術發展之一途。「游於藝」的如
> 何渾融於今日哲學與宗教的思想和行動中，這的確是值得大
> 家提倡與注意，也就是筆者二十年來夢寐求之之「道通乎
> 藝、藝與道合」那種神丰宇爽而能挾道以「游於藝」理念，
> 藝事不離乎道之風尚。[2]

從上引文我們可以清楚地看到，曉雲法師對中國藝術自古以來
的發展的認識，乃至現代以後中國藝術如何繼往開來問題的思索。
問題是，面對中國藝術「如何繼往開來」這一重要的課題，曉雲法
師的解決之道是什麼呢？顯然，曉雲法師以為「許藝術仍循古觀念
以概今之思維」是其鎖鑰。因此，曉雲法師在這裡要問「如何能許
藝術仍循古觀念以概今之思維」這樣一個問題。從上引文可知，曉
雲法師所謂的「古觀念」，即意指「藝術，不祇供人欣賞的逸品，
並且有發人深省的砥礪精神」；而其所謂「今之思維」，意即「為藝
術而藝術之思想」。在曉雲法師看來，「『道通乎藝、藝與道合』那
種神丰宇爽而能挾道以『游於藝』理念，藝事不離乎道之風尚」仍
應是現代中國藝術最高的準地。

2　曉雲法師，《佛教藝術論集》（臺北：原泉出版社，1994年），頁151。

　　換言之，「挾道以『游於藝』」正是曉雲法師用來解決「中國藝術如何繼往開來」這一問題意識的核心命題。由此可知，曉雲法師的美學思想即是從這裡生發的。那麼，我們進一步要問的是，曉雲法師在這裡所謂的「道」與「藝」的意涵是什麼呢？而她所強調的「道通乎藝」而「藝與道合」的理想境界所指為何呢？又，我們將如何理解曉雲法師的美學思想而詮釋之呢？關於這些問題，正是本文關懷的重心。

　　實際上，筆者所關懷的問題，其答案早已揭示於曉雲法師的書中。曉雲法師說：「孔子早就知道藝術包含善與美，藝術何歸？歸於仁。藝術何所依，依於仁。離開仁道，藝術必成空洞不實。」[3] 故「感孔子云：『志於道、據於德、依於仁、游於藝』的金科玉律，而使中國藝術不致出現如西方藝術的擁有過分浪漫的激蕩，得以發展中國佛教藝術更具輝煌的成就。」[4] 由此可見，曉雲法師那「挾道以『游於藝』理念」乃是從孔子的美學思想中提煉而出的。雖然如此，但這並不意味著我無須再對那些問題多加著墨。相反地，由於曉雲法師並不曾系統地闡述她的美學思想，而僅只是在論及繪畫和印度藝術時順道提及前述那些想法，所以筆者乃有了詮解的空間。這也就是說，曉雲法師的美學思想是有待我們進一步的理解與詮釋的。

　　那麼，我們究竟要以什麼進路來理解與詮釋曉雲法師的美學思想呢？如前所述，曉雲法師的美學思想源自孔子「游於藝」的學說。從詮釋學的角度來看，那正意味著孔子「游於藝」的學說在歷

3　曉雲法師，《中國畫話》（臺北：原泉出版社，1994年），頁201。

4　同注2，頁150。

史中成為脈絡而為後人不斷發展著，而這個歷史的脈絡是一種「前理解的視域（horizon）」，亦即洪漢鼎先生所說的：「前理解或前見是歷史賦予理解者或解釋者的生產性的積極因素，它為理解者或解釋者提供了特殊的『視域』（Horizont）。視域就是看視的區域，它包括了從某個立足點出發所能看到的一切。誰不能把自身置於這種歷史性的視域中，誰就不能真正理解流傳物的意義」[5]。準此，我們可以說，孔子「游於藝」的學說即是曉雲法師的美學思想的前理解，故而它亦即是我們理解與詮釋曉雲法師的美學思想的進路。有鑑於此，筆者以下即擬從孔子的美學思想出發，再述及曉雲法師對孔子美學思想的繼承與發展，以明曉雲法師的美學思想的精義。

二　孔子的美學思想

嚴格來說，孔子的美學思想來自他的禮樂思想。自周公制禮作樂以來，禮樂教化對士子的人格養成佔著舉足輕重的地位。因此之故，正當周文疲弊，士大夫輕賤禮樂文化之際，孔子不免深自反省，力呈周文之可貴處。在孔子對禮樂的論述中，直接關涉到他的美學思想者便是他的樂論。孔子認為樂具有兩層意義。其一是樂在政治上具有化民成俗的功能。比如《論語》中曾描述云：

> 子之武城，聞弦歌之聲。夫子莞爾而笑曰：「割雞焉用牛刀？」子游對曰：「昔者，偃也聞諸夫子曰：『君子學道則愛

5　德‧漢斯-格奧爾格‧加達默爾（Hans-Georg Gadamer），《真理與方法‧譯者序言》（洪漢鼎翻譯，臺北：時報文化出版公司，1993年），p.xxiii。

人，小人學道則易使也。』」子曰：「二三子，偃之言是也，前言戲之耳。」(〈陽貨〉)

從字面看，這裡的「弦歌之聲」即「樂」，也就是「道」；而所謂「道」，當指禮樂之道[6]。亦即「仁道」。此一引文主要的意思是說在位而有德的君子，受樂之陶冶，則能愛護百姓；在鄉之百姓受樂之陶冶，則樂於接受在位者之領導，斯為樂教化民成俗之效也。

又據《論語・先進》篇所載，孔子與弟子言志時，亦曾論及禮樂問題。其文曰：

「求，爾何如？」對曰：「方六七十，如五六十，求也為之，比及三年，可使足民。如其禮樂，以俟君子。」

冉求在此自言其三年之內可使足民；但於禮樂教化，卻需俟君子以施行之。由此可知禮樂教化為足民之上一層次的目標，必待有德者始能為之。其文又曰：

「點，爾何如？」鼓瑟希，鏗爾，舍瑟而作，對曰：「異乎三子者之撰。」子曰：「何傷乎？亦各言其志也。」曰：「莫春者，春服既成，冠者五六人，童子六七人，浴乎沂，風乎舞雩，詠而歸。」夫子喟然歎曰：「吾與點也！」

---

6 孔安國曰：「道謂禮樂也。」魏・何晏注，宋・邢昺疏，《論語注疏》，見《十三經注疏》，臺北：藝文印書館，1989年。

在曾點之前，三子所言皆治國之事，至於禮樂則都外在於生命。然若曾點，禮樂不假外求，「浴乎沂，風乎舞雩，詠而歸」，隨時自生命中發出。此所以孔子贊之也。

綜合言之，孔子論樂，實由禮出發，這是他對周文的繼承；然而，在孔子的理解中，樂亦並非只具有宗教政治倫理性的意義，它尚且具有個人生命上道德人格修養的新意涵，此由孔子之言可以析出。子曰：

人而不仁，如禮何？人而不仁，如樂何？（〈八佾〉）

禮云禮云，玉帛云乎哉？樂云樂云，鐘鼓云乎哉？（〈陽貨〉）

孔子在此顯然將樂上提到超越的道德層面，且與禮相提並論，所以即使我們說孔子論樂總是依偎著禮而言，但是，我們也不能否認孔子在此賦予樂一個新的意義，使它從政治倫理性中獨立出來，而與禮取得一個對等互動的關係。

進而言之，依孔子，禮樂不但可以各自獨立，而且可以相輔相成。是以在一套孔門道德人格修養的進程中，孔子即明確指出：

興於詩，立於禮，成於樂。（〈泰伯〉）

孔子之所以把詩、禮、樂三者作為修養的主要內容，正是由於他看到了它們各自具有的獨立性，同時又注意到它們之間可相輔相成的關係。依孔子，一個人的人格修養要達到極成之圓滿境界，就必須

接受詩教、禮教和樂教，三者不能相互替代，缺一不可。而且就其修養的程序來說，始興於詩，復導之以禮，最後完成於樂，這一次序亦不可任意更改。顯然，孔子不但將詩樂從政治倫理性中獨立出來，而且將詩樂一分為二（按：在周朝的禮樂文化中，提到「樂」字，即意含詩、樂、舞三者），使其各自擁有文學藝術上的獨立意涵，又同時具有道德意義。尤有進者，更以樂為道德人格修養的極成之境，以是，樂之「和」即由倫理性的概念一翻而轉成為道德人格極成之境的新概念。

關於孔子「成於樂」的意涵，歷來諸注中以朱熹《四書章句集註》和《論語》傳注為最詳。朱注曰：

> 樂有五聲十二律，更唱迭和，以為歌舞八音之節，可以養人之性情，而蕩滌其邪穢，消融其渣滓。故學者之終，所以至於義精仁熟，而自和順於道德者，必於此而得之，是學之成也。[7]

而《論語》傳注則說：

> 論倫無患，樂之情也。欣喜歡愛，樂之官也。手之舞之，足之蹈之。天地之命，中和之紀，學之則易直子諒之心生。易直子諒之心生，則樂。樂則安，安則久，久則天，天則神，是成於樂。[8]

---

7 宋·朱熹，《四書章句集註》（臺北：鵝湖出版社，2000年），頁105。
8 程樹德，《論語集釋》上冊（臺北：鼎文書局，1980年），頁459。

由上述可知，傳注的說法顯然與朱注有別。依朱子，樂之所以作為學者之終成，在於它「可以養人之性情，而蕩滌其邪穢，消融其渣滓」；而傳注則說「學之則易直子諒之心生」。至於樂何以具有如此之功效，則二者均無進一步的解釋。就孔子之禮樂思想看來，朱注與傳注所說顯然均不足以道盡「成於樂」之全部意涵，然則，我們應該如何理解「成於樂」，並對它作出相應而恰當的詮釋呢？

質言之，當我們在討論美的時候，它所涉及的是情的問題。故而樂的本質問題即在情感的表現。是故，孔子所謂「成於樂」之境，它同時指的就是情感的成全。孔子由禮樂來點出仁，仁是禮樂的超越根據，禮樂要有真實的意義，就要靠這個仁。然而，禮有禮的規則，視此規則乃仁心所自發，要求人之視聽言動，一切行止均依於禮，由仁講禮固然是很順適的講法，但是樂呢？樂有沒有它的規則，即人情的規則呢？如果沒有，則樂顯然不需要一個超越的原則；如果有，它的規則是什麼呢？而仁是否足以擔當此一超越的原則呢？

一般而言，「情」這個字，它所代表的往往是個主觀性的意義。誠然，在人類的經驗裡，每個人各自有其情感活動而互不相通。但是，就人情而言，人又有要求他人能通己情的渴望，於是人與人之間能不能通情這個問題便被思及。平心而論，人情之所以會隔，乃在於人通常只要求他人能通己情，但卻忽略了要求自己也能去通人之情。在缺乏雙向通情的情形下，人情自然有隔，而種種愛恨情仇和誤會也因之而生。人們於此遂思解決之道，而要求自己先去通人之情乃為解決之鑰。

人們於此或問：情既是主觀性的心理活動，則人我不一的情況下，人與人之間的通情如何而可能呢？但問題是如若不能，則傳統上何以會有通情達理的要求？然若可能，則須經由何種門徑，方能

解消人際間的隔閡，使情得以自由相通而又不互相牽纏呢？換言之，在哪一個層次上談情，可以使情得其理，繼而使人情通而不隔呢？關於情理，戴東原在《孟子字義疏證》中云：

> 古人之言天理，何謂也？曰理也者，情之不爽失也，未有情不得而理得者也天理云者，言乎自然之分理也。自然之分理，以我之情絜人之情，而無不得其平是也。[9]

> 情與理之名何以異？曰在己與人皆謂之情。無過情，無不及情之謂理。[10]

由此可知，情亦有其理。過與不及，皆不得情之理。茲因過情者易流於濫情，而不及情者則易淪為無情，是故無過無不及的中和表現乃為情之理。此即人情的規則。

由於人有通情的渴求，人情的法則性概念遂因之而生，即「和」。是故在人我通情中要求人「和」。然則，孔子由仁論樂，則其言仁亦須關乎人情嗎？如眾所知，孔子從人心之不安來指點仁，知人心之不安亦即通情之表現，故知孔子講仁亦就人之情而論。

樂之本在於情感的表現，其極至是和。然則，當孔子以仁攝樂，將樂從政治倫理中獨立出來時，是否就意味著樂在情的表現上取得獨立性的地位呢？孔子有沒有這一層的理解呢？當孔子說：「樂云樂云，鐘鼓云乎哉？」（《論語·陽貨》）時，孔子儼然已經觸及到樂的本質問題。那麼孔子究竟如何理解樂的獨立性呢？

9　清·戴震，《孟子字義疏證》（臺北：廣文書局，1978年），頁1。
10　同注9，頁2。

孔子在觀樂中理解了樂的獨立性，比如《論語・八佾》曰：

> 子謂《韶》：「盡美矣，又盡善也。」謂《武》：「盡美矣，未
> 盡善也。」

依史載，古時帝王治國功成，必作樂以歌其盛。舜以文德受禪讓，周武王以武力革商之命，故孔子謂舜樂「盡善」而謂武樂「未盡善」。由此可知，孔子在這裡所說的「善」，即是對音樂內容所作的道德倫理判斷。至於孔子所說的《韶》、《武》之「美」，邢昺疏云：「言《韶》樂其聲及舞極盡其美」，「言《武》樂音曲及舞容則盡極美矣」。[11] 可見孔子這裡所謂的「美」，顯然是僅就音曲及舞容之藝術形式所作的審美判斷。在孔子的品評裡，美與善有了明顯的區別。

又，《論語・憲問》曰：

> 子擊磬於衛。有荷蕢而過孔氏之門者，曰：「有心哉！擊磬
> 乎！」既而曰：「鄙哉！硜硜乎！莫己知也，斯己而已矣！
> 深則厲，淺則揭。」子曰：「果哉！末之難矣。」

孔子擊磬而為荷蕢者洞悉心意，即表示心、性、情與音樂之間實有絕對的關聯。故當子路問成人，子曰：

> 若臧武仲之知，公綽之不欲，卞莊子之勇，冉求之藝，文之
> 以禮樂，亦可以為成人矣！（《論語・憲問》）

---

11 同注6，頁32。

從上引文可見，孔子將禮樂相提並論，使樂同時具有道德修養的功能。關於這段文字，朱子有進一步的解釋。他說：

> 成人，猶言全人。……言兼此四子之長，則知足以窮理，廉足以養心，勇足以力行，藝足以泛應，而又節之以禮，和之以樂，使德成於內，而文見乎外。則材全德備，渾然不見一善成名之跡；中正和樂，粹然無復偏倚駁雜之蔽，而其為人也亦成矣。[12]

依此義，一個人格全面的完成在於禮樂之節與和。知、廉、勇、藝，雖是材德之一端，然若不「節之以禮，和之以樂，使德成於內，而文見乎外」，則無以至「成人」之境。

朱子以上所說固然不違孔子之意，不過，我們還可就人情之有真情與俗情兩端來闡釋之。亦即那內在於人之性分中的真情，它不同於一般感性說的俗情，故可謂之「仁」。準此，則從「興於詩」到「立於禮」，乃是仁之真情從俗情的夾雜中被興發出來的過程，此時俗情作主，而真情隱沒在暗處。復從「立於禮」到「成於樂」這一過程，即表示真情被興發之後，因禮之維繫而足與俗情分庭抗禮，節的作用猶在和之上。至於「成於樂」時，則合和真情與俗情，仁之真情於俗情中自然流露，凡仁之真情流露處，即道德人格之挺立處，以是，它一則表現為美，一則表現為善，是「成於樂」之究竟義。如是，則可含攝朱子所謂「材全德備，渾然不見一善成名之跡；中正和樂，粹然無復偏倚駁雜之蔽」之義。

---

12 同注7，頁151。

　　孔子以「成於樂」狀聖人成德之境界，孟子則以「金聲玉振」
狀聖人氣象。其言曰：

> 孔子謂集大成。集大成也者，金聲而玉振之也。金聲也者，
> 始條理也。玉振之也者，終條理也。始條理者，智之事也。
> 終條理者，聖之事也。(《孟子・萬章》)

可見孔孟皆以為聖人的氣象要從樂中獲得。孟子以「金聲玉振」之
和狀聖人的氣象，此即是說，「聖人」不只是道德上的概念，而且也
是美感上的概念。就修養的進程而言，聖人既在道德中成就，也在
美感中養成。然則，聖人的生命即是一「即善即美」之和的呈現。
　　不同於「成於樂」的提法，孔子還有另一學習進程的說法。子
曰：

> 志於道，據於德，依於仁，游於藝。(《論語・述而》)

關於上述引文，朱子曰：

> 此章言人之為學當如是也。蓋學莫先於立志，志道，則心存
> 於正而不他；據德，則道得於心而不失；依仁，則德性常用
> 而物欲不行；游藝，則小物不遺而動息有養。學者於此，有
> 以不失其先後之序、輕重之倫焉，則本末兼該，內外交養，
> 日用之間，無少間隙，而涵泳從容，忽不自知其入於聖賢之
> 域矣。[13]

---

13 同注7，頁94。

朱子在此以「游於藝」之境界為聖賢之域,可說是不違孔子之意。值得注意的是,朱子所謂「道,則人倫日用之間所當行者是也。」[14] 這一解釋明顯是從禮樂之道往前更推一步,而為我們所容易理解的;此外,他對「游於藝」的解釋,亦頗善巧。朱子曰:

> 游者,玩物適情之謂。藝,則禮樂之文,射、御、書、數之法,皆至理所寓,而日用之不可闕者也。朝夕游焉,以博其義理之趣,則應務有餘,而心亦無所放矣。

一般而言,玩物喪志是人之常情,此情即俗情之謂。至於聖人,則「從心所欲,不踰矩。」其所交接處,盡是真情流露,無所滯礙。此所以朱子解「游」,謂其「玩物適情」,而云:「朝夕游焉,以博其義理之趣,則應務有餘,而心亦無所放矣。」關於「游於藝」的內涵,孔子著墨不多,不過,我們還是可以從《論語》中得到一些啟發。比如:曾點偕同冠者與童子「浴乎沂,風乎舞雩,詠而歸」即是那「游於藝」的境界。關此,牟宗三亦曾云:「在『游於藝』中即函有妙慧別才之自由翱翔與無向中之直感排蕩,而一是皆歸於實理之平平,而實理亦無相,此即『灑脫之美』之境也。故聖心之無相即是美,此即『即善即美』也。」[15]由此可見,「游於藝」之境即是「成於樂」之境,亦即「即善即美」之「和」境。

---

14 同注13。

15 牟宗三,〈以合目的性之原則為審美判斷力之超越的原則之疑竇與商榷〉,《判斷力之批判》(臺北:臺灣學生書局,1992年),頁84。

三 曉雲法師對孔子美學思想的繼承與發展

如前所述，孔子由禮樂點出仁，復以仁為精神基礎而言禮論樂，禮與樂因此脫離政治倫理性的意涵而各自擁有其獨立性。禮獨立為道德規範的準則而統領一切人倫關係，樂則獨立為一表情性的藝術而身繫一切人情交通。不過，禮與樂雖各自分屬美與善兩個不同的範疇，但是在孔子的理解裡，禮與樂自有其內在的關聯性，所以孔子用仁將兩者聯繫起來，並同時以之作為道德人格修養的進程。那麼，曉雲法師是如何繼承與發展孔子的美學思想呢？

大抵而言，曉雲法師一生的志業往往是藉由畫作來傳達，是以有關她的美學思想，亦是在她談畫論藝時流露出來的。因此，以下我們將從曉雲法師談畫論藝的言說中，梳理出她對美的尋思，以說明曉雲法師是如何繼承與發展孔子的美學思想。

（一）曉雲法師的「藝術仁道觀」與孔子的「成於樂」

如上所述，關於藝術，曉雲法師關懷的是，中國藝術如何繼往開來的問題。故而她要提問：「如何能許藝術仍循古觀念以概今之思維」。基於這樣的關懷，讓曉雲法師對現代美學的發展有一番觀察與反省。她說：

> 美學亦有一種偏枯的現象，即提高了「美」的價值，發現藝術的美，提高欣賞，然而往往與藝術分途。美學本身以抽象的美為研究對象，所以發展成一套完整的哲學。然而藝術本體不容辯證，如果藝術家不研究美學理論，其藝術作品不一定減值；若藝術家研究美學理論，亦不一定增進其創作力。

所以如上所說，未有一派美學理論，遍通圓融，毫無缺憾。[16]

曉雲法師在這裡特別指出，提高「美」的價值而使它與藝術分途，乃是古今西洋美學理論研究所衍生的弊病。

關於「美」，曉雲法師有如下的看法。她說：

> 繪畫是「美學」之一部分，人世間若不真、不善，豈能合乎「美」，美，自與真善為一體。「美」可以比方一件事物，美更能比方心靈的純淨。純淨的心靈，是人生藝術創造的淵源。而創造過程與培育，應有多方面的調劑，如欣賞詩畫、聽音樂、接近大自然等等，屬於比較超然的生活趣向。再嚴肅一點的提煉，須廣覽群籍，博學遊方講究心靈的陶養，盡量提升自己的思想與精神生活，成為一個接近「全人格」的人生。[17]

顯而易見，曉雲法師在這裡所謂「美，自與真善為一體」的說法，與孔子評《韶》樂，謂其「盡美矣，又盡善也」的說法如出一轍。進言之，由於曉雲法師認為「美，自與真善為一體」，所以在這裡她特別指出「一個接近『全人格』的人生」對一個藝術家的重要性，並論及如何養成「全人格」的方法進路。對比前述孔子的美學思想來看，在孔子所謂「興於詩，立於禮，成於樂」的圓滿人格的陶養程序中，實即美善一體的呈現。雖然，孔子不曾針對「真」的問題提出看法，但是，依中國傳統文化的內涵看來，在一「即善即

---

16 同注3，頁6。
17 同注3，頁246。

美」的「成於樂」境界中,「真」亦當含藏在其中,而無需贅言。
孔子謂「成人」的養成必須「文之以禮樂」,而朱子解「成人」為
「全人」。準此,我們可以說,曉雲法師在這裡強調的「全人格」
的養成,實是承自孔子的思想。關此,曉雲法師亦曾有言曰:「孔
子所謂『志於道,據於德,依於仁,游於藝』者,已經是近乎『全
人』,果真能依此實踐於生活,這就是一幅真善且美的畫了。」[18]

　　正因為曉雲法師對孔子「成於樂」思想的領會,所以她對藝術
有一個總體的看法。她說:

> 藝術是以仁道──即人道──為背景、為極則、為依歸,且
> 以此建立起全部美學。它幾乎也是百姓日用而不自知,親切
> 的直接屬於人生。[19]

如眾所知,孟子曰:「仁也者,人也。合而言之,道也。」(《孟
子‧盡心》)即是順孔子所謂仁者,愛人(《論語‧顏淵》)的思路
而有的詮解,其義乃欲從人自身尋求道德的主體。曉雲法師在此以
仁道為藝術背後的極則,一如孔子以仁為樂的原則。這可說是對孔
子思想的繼承。此外,她還進一步說:

> 對於古語「人道」,我們不妨說是「仁道」,因為在欣賞與創
> 造者之關係上看,便已脫離了個別人性,而進予社會性。
> 「仁道」是社會性的,換言之,它始終是入世的,古今中

---

18 同注17。
19 同注3,頁13。

外，我們想不到有所謂出世的藝術。我們何以特別用這
「仁」字呢？因有「仁」是果實的核心，是內含之因，有生
長之引發。因為如果以因果論，完成藝術品後，一切有感化
升起的效果，或其他影響。藝術品的本身雖是創作之果，但
此果中已有含藏，如果有「仁」的帶動，在人們的心中，必
有生機勃然之活。[20]

如前節所言，仁者當然要與人通情。人亦必與人通情，然後能成倫
理文理而顯道。因此，曉雲法師在這裡說：「『仁道』是社會性
的」，其目的在強調藝術是入世的。尤有進者，她以果核的種
子——「仁」來詮解孔子所謂的「仁」，意在凸顯藝術所當表現的
那生機盎然的生命力。

　　至於曉雲法師所謂「以仁道為藝術的極則」一義，她曾闡述說：

什麼是人道的極則呢？照儒家的道理，不外乎中和。就感情
而言，「喜怒哀樂之未發謂之中，發而皆中節謂之和」。只要
稍懂得音樂原理的人，必了解中節之意，而節拍在最直接的
原始形式上便歸到心房的跳動。而世界最和諧者，非樂器所
能出者，依然還是人聲——歌、詠。和諧當然是人道之極則
相同，在理想中，是美與善的合一，那境地只有美的至善與
善的至美，美與善不分，或者是純美的美與純善的善相融為
一，除此而外，便沒有語言文字可以形容。[21]

20　同注3，頁9。

21　同注20。

曉雲法師在此以音樂之「和」作為人道之極則，視其為美與善的合一，可說是承自孔子「成於樂」的思想。因此，她對孔子詩教即有如下的詮解。她說：

> 東方人所有的學問皆以「人」為出發點，亦以「人」為歸結點。我們整個中國學術，幾乎沒有離開「人」之立場而立論。故孔子之興「詩教」，主「溫柔敦厚」，無非是教以「為人」之道。而他特別勸小子學詩，因為「詩可以興、可以觀、可以群、可以怨」，因為「不學詩」則「無以言」。無法與人交談應對。[22]

在曉雲法師看來，「所謂在人生的範疇以內者，便是屬於人情與人理，藝術正是從人情融入理性，以理性發抒了人情。在創作的過程中，以心即物，它是屬於現量的，但是創作之時，有純粹的推理，是屬於比量的，如果說，藝術表現是一種語言，則它不能『自語相違』，至少亦不能與『世間相違』。」[23]這是延續她藝術是入世的的說法。曉雲法師以為，中國提倡詩教文藝之最有力者當屬孔子說：「不學詩無以言」。而不知其所以致用者，其本身便是人生之藝術化，那正是藝術之人生觀。

由於曉雲法師認為中國學術文化之命脈全繫於「人」，而又以孔子仁道為其樞紐，遂使她進一步去追問，在那藝術本體上是否有一中心可以把握。她說：

---

22 同注3，頁245。

23 同注3，頁7。

我們細加思考，藝術本體上是否有一中心，可以把握呢？即言一本體的、原始的、實質的，使藝術之所以為藝術者，若缺乏它便不能成為藝術。亦即它應該是某種通則用以衡量作品，無論放在造形或非造形的一切藝術作品中皆能融通。且用以解釋和說明創作的過程和動機，或說明其藝術品之精神，而毫無乖謬。[24]

曉雲法師在此對藝術本體的思考，同孔子「人而不仁，如樂何？」的思考如出一轍。在她看來，即使美學理論研究者可以讓「藝術在理論本身可以自圓其說，儘可成為一個主體的，完全的理論；然而涉及藝術之本體──這幾乎本身是一個神秘的謎似的，精神的真實──他們亦皆無法以理論概括與盡究。」[25]

（二）曉雲法師的「藝術的宇宙觀」與孔子的「游於藝」

在曉雲法師看來，「蓋人世間所作的一切，是為人而可為的，若不下求順達事理，而祇求上徹理性，則不能完成『上求下化』之功。所謂上求是依所信奉而行者求能如法，下達乃順眾生之機不違本性，佛法之所云妙法，乃活用無邊。孔子之游藝作風，亦活用無方，以其能不違於道、德、仁之依據立志，故遇事之際而賴以游刃有餘。」[26]曉雲法師以為，在一個真純的藝術家眼中，盈天地之間者皆是藝術，然而藝術家要在其中進一步追求最高原理。中國普通謂之曰「天理」通乎造化，所謂「天法道，道法自然」，他要達到

---

24 同注3，頁5。
25 同注3。
26 同注2，頁150。

「藝通乎道」的地步。關此,她說:

> 盈天地之間皆是藝術,但這需要具有藝術的人生觀,亦可稱
> 為藝術的宇宙觀。創作者隨處具有靈感,他便在其處融會了
> 他人格的整體,如果又以此境界提煉出一種什麼集中的,凝
> 鍊的,而藉助於一種工具,此即為藝術品。所藉助的工具和
> 技巧,皆是「術」以內的事,可以說「藝」成於造形之先,
> 「術」見於造形之後。總之,所謂會心,即當機契道的基
> 本。對於一個藝術家,高超的技巧固然是重要的,但是,更
> 重要的還是藝術的心。[27]

曉雲法師在這裡所謂的「藝術的宇宙觀」可說是奠基於她的「藝術
仁道觀」,因此,她強調「藝術的心」,且將「藝術」一詞二分為
「藝」與「術」。準此,曉雲法師便進一步提出藝術人格養成的樞
紐所在。她說:

> 一個藝術人格的養成,不止是技巧的訓練,如操縱琴弦,調
> 和色彩,或者提高趣味而已。一個藝術人格的養成,必培養
> 出對宇宙和人生一種高超的理念,且深心契會宇宙人生之大
> 道——即仁道觀——再據此而創作吧!大概有史以來的藝術
> 家,如果真具有偉大的藝術人格,沒有一個不是具有深切的
> 仁道觀念(如鄭俠命人寫流民圖獻帝)。但他們的行為,易
> 為流俗所駭異,他們的習性可能很偏頗,但未嘗須臾離開仁

---

27 同注3,頁10。

道。「偏至，不貴乎其偏，而貴乎其至」，即是由某方面達到
仁道的最高境界。[28]

曉雲法師在此將仁道視為宇宙人生之大道，並以之作為品評藝術家
人格之準繩，可見她的「藝術的宇宙觀」實可說是孔子美學的進一
步發展。

　　曉雲法師不但指出藝術本體的中心——即「仁」，她還提出鑑
賞藝術作品的準則。她說：

> 凡是一部具有生命之藝術作品，作者給與人的認識，不是單
> 在繪畫師之用筆與色彩之迷人；而是離乎畫面的一切，我們
> 閉著眼睛時，從心靈所引發的是什麼，如欣賞者不能體驗到
> 這些，則作者亦許未能表達到這境地。——這亦許可說，這
> 作品的高度是「術」的工夫，而或未達到「藝」的修養。所
> 謂「游於藝」，「神乎其藝」；所謂「道通於藝」，「藝與道合」，
> 中國古代著名之畫家是能夠達到此種境界的。這是由於心靈
> 與學問兩者修養的完成，所表露人的內在的靈感產物。[29]

由此可見，曉雲法師認為，一部具有生命之藝術作品是作者「心靈
與學問兩者修養的完成，所表露人的內在的靈感產物」，因此它就
能表現出「藝與道合」的境界。在這一情形下，那藝術作品之所以
迷人，便在於那「離乎畫面的一切」在欣賞者的心靈所引發的感
受。然則，那感受是什麼呢？曉雲法師說：

---

28 同注3，頁10-11。
29 同注1，頁42。

人安於藝術的陶淑,是因為它有一種喜悅的給予,此即怡情養性。何以產生喜悅?我以為不外乎「仁道」之相依。孔子說:「志於道,據於德,依於仁,游於藝」,寫出了古君子求學向道之熱切。我們看到道、德、仁、藝一貫之道理。道與仁是本體,德是性狀,而藝是現行,亦可以說是仁之用。講到「游」於藝,便是陶融在藝術裡,這不是說「嬉」於藝或「苦」於藝。孔子早就知道藝術包含善與美,藝術何歸?歸於仁。藝術何所依,依於仁。離開仁道,藝術必成空洞不實。[30]

在曉雲法師看來,「吾人生存於世界上,捨苦求樂,為人之常情,愛善與美亦為人之天性,但這裡所說的『樂』和『美』,不是形象的『美』,亦不是以現實物質環境中所得到的『樂』,最終在超乎形式的現象中,尋求附於現象界的精神與心靈中所感覺得到的『美』」[31]。這也是為什麼她在這裡說「人安於藝術的陶淑,是因為它有一種喜悅的給予」。這喜悅的說法實可說是孟子「理義悅心」的翻版。它們都來自於對孔子思想的體悟。比如《論語・述而》曰:「子在齊,聞《韶》,三月不知肉味。曰:『不圖為樂之至於斯也』。」孔子對《韶》樂的讚歎,正是心悅理義的體現。

進言之,孔子從盡善盡美的《韶》樂聆賞中,體認了樂教的重要,故其言曰:「知之者,不如好之者;好之者,不如樂之者。」(《論語・雍也》)關於這章的意涵,徐復觀闡述曰:

---

30 同注3,頁12。

31 同注3,頁201。

「知之」「好之」「樂之」的「之」字，指「道」而言。人僅
知道之可貴，未必即肯去追求道；能「好之」，才會積極去
追求。僅好道而加以追求，自己猶與道為二，有時會因懈怠
而與道相離。到了以道為樂，則道才在人身上生穩了根，此
時人與道成為一體，而無一絲一毫的間隔。因為樂（讀洛）
是通過感官而來的快感。通過感官以道為樂，則感官的生理
作用，不僅不會與心志所追求的道，發生摩擦；並且感官的
生理作用，它已完全與道相融，轉而成為支持道的具體力
量。此時的人格世界，是安和而充實發揚的世界。所以《論
語》乃至以後的孔門系統，都重視一個「樂」（讀洛）字。
《禮記・樂記》「故曰，樂者樂（讀洛）也。君子樂得其
道，小人樂得其欲。」由此可知樂是養成樂（讀洛），或助
成樂（讀洛）的手段。前引的「成於樂」，實同於「不如樂
之者」的「樂之」；道德理性的人格，至此始告完成。[32]

徐氏上述所言，恰可以與曉雲法師的說法相映，亦有助於我們對孔
門「理義悅心」說法的理解。

有感於孔子「游於藝」的精義，曉雲法師視人生為一幅畫。她
以為，「人生是一幅畫，但畫境有高下，畫境的高下來自欣賞力的
鑑定，沒有欣賞力的作家，永遠不能有所創作。所謂『欣賞』，首
要透過一種氣氛。更進深度而言那便屬感受的程度。但我們要欣賞
一種形象藝術，首先必須了解離乎形象之外的藝術品，而對人生的
境界有深度的修養，才能領悟人生竟然是一幅畫的與人分享」[33]。

---

32 徐復觀，《中國藝術精神》（臺北：臺灣學生書局，1988年），頁12。
33 同注3，頁245。

因此，她說：「在印度很容易見到一位學者，或一位藝術家，簡直便是一位修士了。這最愜於中國一種原有之道理。中國所謂『道通於藝』而『藝與道合』之妙諦微言，在筆者年來之觀感，只能在印度見之。在印度之先地尼克坦可能聞見得到的」[34]。那麼，曉雲法師究竟在印度之先地尼克坦聞見了什麼可臻至「道通於藝」而「藝與道合」的境界呢？

對曉雲法師來說，泰戈爾在先地尼克坦（Santiniketan）教書的情境可謂臻至「道通於藝」而「藝與道合」之境。她在書中寫道：

> 這位詩人是自然之驕子，自然保育了他的成長。他想領導一群孩子，一直依在自然母親的懷裡，受著自然的撫育而生長；始終保持天真與活潑。
>
> 他始初在這森林的樹下教授幾個學生，他不強調時間的規限怎樣的重要；如果下雨，馬上下課休息，各人自己走回自己的宿舍。一直至現在仍然是保持這種作風。還有一個有趣味的故事，是一位教師當早晨在樹林下講書時，忽然樹上一群小鳥啼聲婉囀，有一位小學生便告訴先生說不要講書，大家且聽聽這群小鳥唱歌，這位先生便馬上停止開口，讓這一群孩子定定地靜聽一回，然後再開始講他的功課。如果以藝術的觀點來看，這是多麼富於詩意的事呢。[35]

換言之，曉雲法師認為，先地尼克坦是詩人泰戈爾精神的具體表露，所以上述引文中那種使人感到自然諧和的情境，固非偶然之

---

34 同注1，頁199。

35 同注1，頁51。

事。這使我們聯想到，前述曾點偕同冠者與童子「浴乎沂，風乎舞雩，詠而歸」，而為孔子所讚歎。顯然，曉雲法師對泰戈爾的讚歎，正如孔子與點一般。

四 結論

　　如前所述，曉雲法師的「藝術仁道觀」與「藝術的宇宙觀」等主要的美學思想乃是奠基於孔子的美學思想，而「道通乎藝、藝與道合」則是她的美學思想的終境。因此，為了明其淵源指歸，本文第二節先回到了孔子的禮樂思想。從孔子禮樂思想的反省中我們發現，孔子之言禮論樂是基於對周文存廢問題的反省而發。由於孔子將禮樂制度問題向內回收到本心之仁上，禮樂因此脫離周代之政治倫理性的意涵而各自具有其獨立性。從此，禮與樂，分別屬於善與美的範疇，而各有其獨立的意義。然而，在孔子的證悟裡，禮與樂自有其內在的關聯性，而這聯繫的關鍵在「仁」，故其言曰：「人而不仁，如禮何？人而不仁，如樂何？」透過「仁」這個概念將禮與樂聯繫起來而同時上提到一個超越的道德層面，因此遂有「成於樂」與「游於藝」思想的提出，而間接地標舉美善合一的價值。

　　由於孔子一生對中國傳統之禮樂文化的愛慕，加上他在音樂上的薰習與造詣，使他能救禮樂文化於將傾，而賦予它一個新生命，即謂「仁」的提出，並且為中國美學立下一個標竿，亦即「即善即美」之「和」。反觀曉雲法師，亦然。曉雲法師亦是在中國傳統藝術文化存廢的反省中，提出了她的「藝術仁道觀」。在曉雲法師看來，「藝術之作風和潮流，可以不同，而藝術之『心』，和藝術人格之『精神』，是古今不異的。不特古今無異，甚至將來各時代裡，

仍是不易的。因為從一個真理去演繹，我們只能相信宇宙只有一種
真理常新不變，由於此真實之原理，歷史之篇頁，才有價值之存
在。古代的藝術作風，源於真實的理則，是時代的閃爍，古代藝人
之所持為衡度之準繩。我們可以改造其方法，可是其所衡度之準
則，是不廢的。這即是唯一之真理，藝術家有了這真理之信念，然
後才能把握著一個永恆不滅之主宰，可以質之古人、可以遺之後
世、尤可以為時代之中流砥柱」[36]。因此，曉雲法師特別標舉孔子
所謂的「志於道，據於德，依於仁，游於藝」為現代藝術的金科玉
律。她以為，正是這金科玉律才使中國藝術不致出現如西方藝術的
擁有過分浪漫的激蕩，而得以發展中國佛教藝術更具輝煌的成就。
有鑑於此，所以本文第三節即針對曉雲法師對孔子美學思想的繼承
與發展作一闡述。

綜合言之，在曉雲法師看來，「中國向來是提倡仁義禮智信之
民族，後來再加上佛教智慧的思想所融會，故全部民族之文化思
想，便是宗教（如祭祖宗和祭神如神在）、便是哲學（仁道倫理），
同時即是藝術。孔子之倡言六經，便是人生全部大學問，而涵蓋了
人世間一種必須之意義」[37]。正是這樣的感知，使曉雲法師將孔子
的仁道視為宇宙人生之大道，並以之作為品評藝術人格及藝術作品
的準繩。因此，無論是她的「藝術仁道觀」，還是「藝術的宇宙
觀」，實可說是對孔子美學思想的繼承與發展。

附記：原載於《華梵人文學報》，第三期；略作修改。

---

36 同注3，頁46。

37 同注3，頁44。

從釋曉雲《坐看雲起時》談禪詩與禪畫的美感

一　前言

　　今人釋曉雲以禪畫聞名於世，而其一生的學養經歷正是她能體道藝成的助緣。至於她一生的學養經歷究竟如何呢？關此，下文將簡述之。

　　釋曉雲（西元1912-2004），俗名游韻珊（初名游婉芬），出生於廣州市近郊花地鄉，而成長於廣州市，其先祖是廣東省南海縣人。她的父親游西霖以編曲為生，從事戲劇經營，與其母郭趣共築一崇儒奉佛的家庭。[1]釋曉雲年七歲，即上「大學館」讀唐詩、《四書》等經典；二十二歲畢業於香港麗精美術學院全科，後轉入研究班；畢業後，任教於香港聖保祿中學，教授高中美術和國文。釋曉雲拜嶺南畫祖高劍父為師就是在二十二歲這一年。隔年，她即以「游雲山」筆名在香港中環孔雀廳舉辦個人首次畫展。二次大戰期間，釋曉雲於四川佛教會主席昌圓老和尚道場為其父、妹做超薦佛事，進而皈依昌圓老和尚。後因小住成都靈巖山，閱《憨山大師年譜》而興出世之志。

1　陳秀慧，〈曉雲法師年表〉，《曉雲法師教育情懷與志業》（修訂版）（臺北：萬卷樓圖書公司，2019年），頁147。本文所言有關釋曉雲之生平事蹟俱見於陳書，後不贅言。

　　由於從小成長於中國古典詩詞與儒家經典的世界裡，所以孔子
成為釋曉雲仰望的對象。成年後，因接觸佛法，故亦同時仰望倓虛
法師。我們從釋曉雲創立「原泉出版社」並印行《原泉雜誌》（西
元1955），藉以發揚儒佛文化與淨化社會人心，且與唐君毅共研創
刊辭曰：「斷煩惱而修悲智，莫尚乎佛；由仁義以行教化，莫尚乎
儒。」這一作為看來，便可知儒佛兩家思想對她人格修養的圓成所
產生的重大影響。

　　對釋曉雲來說，得以親近天臺宗第四十四代祖師倓虛法師（西
元1875-1963）是她人生的轉捩點。如果釋曉雲自印度返港後，不
克親近倓虛法師，繼而接受天臺教法之化導，那麼她很可能就會按
照原訂的生涯規劃，在後半生做一名「研機且向深山遠山後」而耽
於祖師禪的自了漢；當然也就不會搖身一變為「且向有人行處行」
的般若菩薩禪行者。同時，她也不會承繼倓虛法師之志業而以弘揚
佛陀覺性教育為其終身職志；甚至於有關她繪畫創作之題材與意
境，亦可能因此受限於既有之格局，而無法有後來道藝合一的美學
境界。

　　釋曉雲身為嶺南畫派的傳人，同時又是一名悟道的法師，因
此，逢人提問，喜談禪詩禪畫。從《坐看雲起時》畫作之題名來
看，即可知釋曉雲之靈感來自於盛唐王維的《終南別業》一詩。釋
曉雲在〈與詩畫的一段因緣〉中，自認與繪畫是前生所結之緣，而
文學與人生哲理的問題，則似乎是她三世前的夙志。無獨有偶，王
維於《題輞川圖》詩中亦自云：「宿世謬詞客，前身應畫師」[2]。在
釋曉雲的自剖中，她之所以學習繪畫乃是為了捕捉形顯唐詩中的意

2　唐・王維撰，陳鐵民校注，《王維集校注》冊二（北京：中華書局，2005年），頁
　　477。本文以下所引王維之詩文均出自此書，後不贅言。

境。茲因佛教興盛於唐，故世人咸皆認為禪宗思想影響了唐代詩畫的表現。王維作為盛唐詩人，又篤信佛教，其詩蘊含禪意，可說是大家的共識。有鑑於此，本文擬透過釋曉雲《坐看雲起時》與王維《終南別業》等詩的比較分析來闡釋禪詩與禪畫的美感。故於後文首先將就禪宗與中國文學藝術的關係作一簡別，順此闡釋王維《終南別業》等詩的自然意境；然後藉由詮解釋曉雲《坐看雲起時》畫作之美感，兼述禪畫中的意境；最後綜述禪詩與禪畫的美學境界。

二　禪宗與中國文學藝術的關係

中國文學向來都受到學術思想的影響，故劉勰於《文心雕龍‧時序》說：「時運交移，質文代變，古今情理」[3]。於是他所謂：「逮孝武崇儒，潤色鴻業，禮樂爭輝，辭藻競鶩：柏梁展朝宴之詩，金堤製恤民之詠，徵枚乘以蒲輪，申主父以鼎食，擢公孫之對策，歎倪寬之擬奏，買臣負薪而衣錦，相如滌器而被繡」[4]。即言作者不可避免地會受到當代主流思潮的影響而進行創作。劉勰審度時尚云：「自中朝貴玄，江左稱盛，因談餘氣，流成文體。是以世極迍邅，而辭意夷泰，詩必柱下之旨歸，賦乃漆園之義疏。故知文變染乎世情，興廢繫乎時序，原始以要終，雖百世可知也」[5]。換言之，自漢魏晉以來，中國文學都直接、間接地受到儒家和道家思想的影響；而在魏晉之際，佛教又藉清談之機興起，以致六朝以後，佛教也影響了中國文學的發展。

3　梁‧劉勰著，周振甫注，《文心雕龍注釋》（附今譯）（臺北：里仁書局，1984年），頁813。
4　同注3，頁814。
5　同注3，頁816。

　　關於佛教之禪宗對中國文學造成很大的影響這一問題，徐復觀有不同的見解。他認為「如實地說，禪所給予文學的影響，乃成立於禪在修養過程中與道家尤其是莊子兩相符合的這一階段之上。禪若更向上一關，便解除了成就文學的條件。所以日本人士所誇張的禪在文化中、文學藝術中的巨大影響，實質是莊子思想借屍還魂的影響。」[6]徐氏之說，乃是根據《莊子》與禪宗之《壇經》比較後所得的論斷。其比較結果如下：[7]

　　（1）動機　道：解脫精神的桎梏

　　　　　　　禪：因生死問題發心

　　（2）工夫　道：無知無欲

　　　　　　　禪：去「貪、瞋、痴」三毒

　　（3）進境　道：「至人之心若鏡」

　　　　　　　禪：「心如明鏡臺」

　　（4）歸結　道：「故勝物而不傷」

　　　　　　　禪：「本來無一物」

徐復觀指出：「由上比較，道與禪僅在（2）與（3）的兩點相同。但禪若僅如此，便不足以為禪。禪之所以為禪，必歸結於『本來無一物』。道家由若鏡之心，可歸結為任物，來而不迎，去而無繫（「不將不迎」），與物同其自然，成其『大美』，此之謂『勝物而不

6　徐復觀，〈儒道兩家思想在文學中的人格修養問題〉，見趙利民主編，《儒家文藝思想研究》（傅永聚、韓鍾文主編，《二十世紀儒學研究大系》總21卷，北京：中華書局，2003年），頁180。

7　同注6。為了方便後文討論，故將徐復觀之比較結果直接引用於此。

傷』。由此可以轉出文學，轉出藝術。禪宗歸結為『本來無一物』，除了成就一個『空』外，再不要有所成。凡文人、禪僧，在詩文上若自以為得力於禪，實際乃得力於被六祖所喝叱，卻與道相通的『心如明鏡臺』之心，而以此為立足點。既以此為立足點，本質上即是『道』而非『禪』。所以這裡只舉道而不及佛，也可以說道已包含了佛」[8]。在徐復觀看來，「老莊思想當下所成就的人生，實際是藝術地人生；而中國的純藝術精神，實際係由此一思想系統所導出。中國歷史上偉大地畫家及畫論家，常常在若有意若無意之中，在不同的程度上，契會到這一點；但在理論上尚缺乏徹底地反省、自覺」[9]。

　　徐復觀上述的分析頗值得深思。當我們說唐代因為禪宗的影響而產生禪詩時，不容忽視的是，在佛教盛行的唐代，道家的老莊思想依然影響著士子們。依《舊唐書・高宗本紀》所載，高宗乾封元年，追號老子為「太上玄元皇帝」；上元元年，又令王公百僚皆習《老子》，每歲明經，一準《孝經》、《論語》例試於有司。[10]又《新唐書・選舉志上》記載，開元二十九年始置崇玄學，習《老子》、《莊子》、《文子》、《列子》，亦曰「道舉」。[11]顯然，由於李唐皇帝認老子為其先祖，所以老子備受尊崇而為國教之主。玄學自魏晉六朝至李唐一代仍為主流，此劉勰所謂「世情」也。然則，老莊自然觀的思想當有助於唐代自然詩派[12]的盛行。

8　同注6。

9　徐復觀，《中國藝術精神》（臺北：臺灣學生書局，1966年），頁47。

10　後晉・劉昫等撰，楊家駱主編，《新校本舊唐書》，臺北：鼎文書局，1992年。

11　宋・歐陽修等撰，楊家駱主編，《新校本新唐書》，臺北：鼎文書局，1992年。

12　有關「自然詩」一詞的含意，葉慶炳說：「我國之田園詩自陶淵明開創以來，受齊、梁、陳、隋宮體艷情狂流衝擊，幾成絕響。待初唐王績始重現一線極其微弱

老子言「道法自然」，王弼注云：「道不違自然，乃得其性，法自然也。法自然者，在方而法方，在圓而法圓，於自然無所違也」[13]。牟宗三對此注文進一步闡釋曰：

> 「在方而法方」者，即，在方即如其為方而任之。亦即於物而無所主焉。如此，則沖虛之德顯矣。此即「自然」也。此即自然，則即「於自然無所違也」。不是著於「方之為物」之自然，乃是「在方而無所主，如其為方而任之」之自然，此是浮上來之自然。若用專門術語言之，則是超越之自然。不是著於物之自然，不是經驗意義之自然。要遮撥此「著」，故第一步教人先作「截斷眾流」之超拔，即：方不是方，圓不是圓，山不是山，水不是水。然遮撥後所顯之沖虛，又恐人起執而孤懸也，故第二步仍須回來，作平平觀：方仍是方，圓仍是圓，山仍是山，水仍是水。此，山仍是山，水仍是水，是表示一種圓通無碍，沖虛無執之無外之心境，亦即沖虛之玄德。此即是道，此即是自然。[14]

牟宗三在此以禪宗心法之「截斷眾流」來闡釋老子的自然義，恰足以佐證前述徐復觀所謂道與禪在工夫與進境上是相同的。準此，我們可以說，道的「至人之心若鏡」與禪的「心如明鏡臺」所顯的

之光彩。盛唐時，田園詩與二謝所倡導且亦消沈已久之山水詩結合，吾人謂之自然詩。既寫自然美景，亦詠田園生活。王維與孟浩然，即自然詩人之代表。」參葉氏所著《中國文學史》（上冊）（臺北：臺灣學生書局，1987年），頁349。

13 魏·王弼等著，《老子四種》（臺北：大安出版社，2003年），頁22。

14 牟宗三，《才性與玄理》（臺北：臺灣學生書局，1993年），頁154-155。

「一種圓通無碍，沖虛無執之無外之心境」正是自然詩之意境，亦即是禪詩的意境。推此以觀禪畫，應如是。因此，後文即擬以此標準來闡述王維的詩歌與釋曉雲的禪畫。

三 王維《終南別業》等詩的自然意境

王維（西元701-761，一說699-759），字摩詰，太原祁人。父處廉，終汾州司馬，徙家於蒲，遂為河東人（今山西蒲縣附近）。開元九年（西元721）進士擢第，調太樂丞[15]。《舊唐書·文苑下》曰：「維以詩名盛於開元、天寶間，昆仲宦遊兩都，凡諸王駙馬豪右貴勢之門，無不拂席迎之，寧王、薛王待之如師友。維尤長五言詩。書畫特臻其妙，筆蹤措思，參於造化，而創意經圖，即有所缺，如山水平遠，雲峰石色，絕跡天機，非繪者之所及也」[16]。葉慶炳認為王維的一生可分為三個時期。一是少時熱中功名，至不惜廁身優伶干進。二是三十歲過後，妻亡不再娶，屏絕塵累，加上其母崔氏生前禮佛至誠的影響，方始潛心學佛，因此，中年對功名之熱中程度已然減退。三是安、史之亂後，飽受挫折，益歸依佛學及大自然之懷抱，此由其晚年半官半隱、亦官亦隱的生活可見一斑。[17]

王維被視為有唐一代自然詩人的代表之一，同時他又深研佛理，準上文所述，其詩自當富有自然的意趣，又蘊含禪味。因此，以下將針對王維《終南別業》等詩進行賞析，以資討論。

如眾所知，王維身經安、史之亂，卻沒有從此遠離政壇，離群

---

15 同注10，卷一九〇〈文苑下〉王維傳。

16 同注15。

17 同注12，頁351-353。

索居，反而終於尚書右丞。這生命歷程的轉變只能從王維的詩篇裡索解。其詩《酬張少府》曰：

> 晚年惟好靜，萬事不關心。
> 自顧無長策，空知返舊林。
> 松風吹解帶，山月照彈琴。
> 君問窮通理，漁歌入浦深。

從詩題便知這是一首贈友詩。詩中所言正是王維晚年的心境。這首詩的詩眼在於「靜」這一詞語。關於它的意涵我們究竟要如何解讀呢？

一般來說，「靜」字往往被解作寧靜、閑靜等義。然而，誠如陳鐵民所說：「王維的思想是複雜的。一方面，他因曾任偽官而甚感愧疚，對佛教的崇信愈益加深，《歎白髮》說：『一生幾許傷心事，不向空門何處銷！』另方面，他又對天子的寬宥和擢拔十分感激，打消了原先準備退隱的念頭。《送韋大夫東京留守》云：『曾是巢許淺，始知堯舜深。』在《與魏居士書》中，還以儒道與佛理，勸說魏出來做官。」[18]這即是說，王維同時受到儒、道、佛三家思想的影響，而在文學藝術上受到佛教思想的影響多些。學界持類似看法的如：臺靜農認為「被公認為自然派詩人之祖，生活於西元五世紀的陶淵明，受老莊的影響多而佛教的影響少；八世紀中的自然派詩人巨擘王維，卻受佛教的影響多而老莊的影響少。」[19]不過，他

---

18 同注2，頁7。
19 臺靜農，《中國文學史》下冊（臺北：臺大出版中心，2004年），頁414。

同時指出:「道、釋兩家的基本思想儘可不同,然詩人受其影響反映於文學方面的,則有一共同傾向:即契心自然,嚮往閒適。」[20]
臺靜農進一步說:

> 論到他那自然風格的形成,才性固是其一,生活尤關重要。他既以詩人而兼藝術家,負盛名於開元、天寶間,以至豪英貴人虛左以迎,其社會地位自不同於普通詩人。居官不比弟王縉顯貴,卻屬清品,故能以朝士身份,過山林生活,而得從容於文學藝術的創作。其精神生活又寄託在佛教上。佛教是以解脫現實為主的,身居富貴而欲解脫現實,本不可能,則大自然的沖虛閒靜,便是唯一的棲心之所。[21]

這段有關王維詩風形成的解讀頗堪玩味。亦即詩人在其風格形成的因素上,人生的經歷涵養尤勝於才性的高低。

王維寫輞川詩時正值晚年,亦即安史之亂以前。由於賢相張九齡的被貶與權奸李林甫的上臺執政,王維此時正面臨仕與隱的天人交戰,所以在偶然中所購得之藍田輞川別墅無疑地成為他心靈的避難所。從這裡出發,我們就能理解王維為何在此詩的首聯即強調「晚年惟好靜,萬事不關心」。因為關心則亂,故於領聯兩句遂云:「自顧無長策,空知返舊林」。陶淵明說:「羈鳥戀舊林」(《歸園田居》其一),王維則云「返舊林」;這其中著實蘊含陶淵明所謂「久在樊籠裡,復得返自然」(同上)之意。依老子,所謂「靜」,乃指萬物終將「各復歸其根」。其言曰:「歸根曰靜,是謂復命。復

---

20 同注19。
21 同注19,頁416。

命曰常，知常曰明。不知常，妄作，凶。」（《老子》16章）王弼注云：「復命則得性命之常，故曰『常』也。常之為物，不偏不彰，無皦昧之狀，溫涼之象，故曰『知常曰明』也。唯此復，乃能包通萬物，無所不容。失此以往，則邪入乎分，則物離其分，故曰不知常則妄作凶也」[22]。有鑑於此，老子乃提「致虛極，守靜篤，萬物並作，吾以觀復。」（同上）這一修養工夫及其目的。王弼注云：「以虛靜觀其反復。凡有起於虛，動起於靜，故萬物雖並動作，卒復歸於虛靜，是物之極篤也」[23]。雖說王維篤信佛教，但是誠如前述所說，他同時也受道家老莊思想的影響。因此，當我們說王維試圖從「好靜」以至於「守靜」，企盼能通過修養以臻至老莊所謂與物同其自然之「圓通無碍，沖虛無執之無外之心境」。這可說是相應而合理的詮解。唯有如此，才能見出王維一開始自剖的用心。然後他才能在頸聯兩句如「至人之心」若「明鏡臺」般映照一切而拈出「松風吹解帶，山月照彈琴」這樣無我的境界。尾聯兩句云「君問窮通理，漁歌入浦深」。彷若陶淵明說：「此中有真意，欲辨已忘言」（《飲酒》其五），亦見禪宗「言語道斷，心行處滅」之意也。因此，面臨張少府針對「窮通」一事的詢問時，即見王維答非所問地說「漁歌入浦深」。所謂的「窮通」問題霎時化為無物，一任自然。

同樣從自剖開始，亦同時呈現道家之自然境界與禪意的王維詩歌，如《終南別業》，其詩云：

中歲頗好道，晚家南山陲。
興來每獨往，勝事空自知。

行到水窮處，坐看雲起時。

偶然值林叟，談笑無還期。

　　根據《年譜》所載，王維隱居終南的時間，應在開元二十九年春自嶺南北歸之後、天寶元年官左補闕之前，歷時約一年左右。[24]這首詩約作於此時。在唐代，終南山乃世途之捷徑也。《舊唐書・隱逸傳敍》曰：「即有身在江湖之上，心遊魏闕之下，託薜蘿以射利，假巖壑以釣名，退無肥遁之貞，進乏濟時之具。《山移》見誚，海鳥興譏，無足多也」[25]。又，《新唐書・隱逸傳敍》亦曰：「然放利之徒，假隱自名，以詭祿仕，肩相摩於道，至號終南、嵩少為仕途捷徑，高尚之節喪焉」[26]。由此可見，唐代隱逸風氣之盛，乃至衍生弊端。王維在終南山之前亦曾隱於嵩山。隱士有真假，如何辨其真？這當是有唐一代殊特的世情。

　　王維此時正值中年，故於首聯即自言中年以後對佛教的深究崇愛。他在頷聯所謂「興來每獨往，勝事空自知」，正所以表露自己隱居終南不需證真於他人。在隱居的歲月裡，王維祇是順隨興致來時而泛覽終南勝境。這心靈的饗宴雖只能獨自品嚐，但對此刻的王維來說，身旁是否有人同遊共賞已非他所在意的。正是因為與物自然，隨性所至，所以王維在頸聯馬上以「行到水窮處，坐看雲起時」來表達他的心境。陶淵明所謂「雲無心而出岫」（《歸去來兮辭》）。坐看雲起的王維想必從中領悟了「無心」的自然意趣。尾聯云：「偶然值林叟，談笑無還期」，更增添王維隨遇而安的況味。一

---

24 同注2，冊四，頁1349。

25 同註10，卷一九二。

26 同注11，卷一九六。

如行雲，來去自由的王維並無下山返家的急迫感。於是他能悠閒地
與偶然相遇的林間老朽相談甚歡，以致忘了歸期。王維此詩所顯之
意境，真乃「無我」之自然境界。明・王鏊《震澤長語》卷下云：
「若夫興寄物外，神解妙悟，絕去筆墨畦逕，所謂文不按古，匠心
獨妙，吾於孟浩然、王摩詰有取焉。」[27]實乃確評也。

四　釋曉雲《坐看雲起時》畫作的美感

坐看雲起時
Sit to Watch the Rising Clouds
34 x 69 cm
釋文
坐看雲起時。曉雲
鈐印
曉雲

釋曉雲《坐看雲起時》

（圖片來源：曉雲法師，《坐看雲起～曉雲法師書畫集》，
經原泉出版社授權翻拍。）

---

27 轉引自注2，冊四，頁1366。

　　如前所述，王維《終南別業》所顯露的是一自然無我的意境。然則，取材於王詩的釋曉雲《坐看雲起時》畫作，它又是如何呈現其畫意呢？

　　當我們凝視畫作，見一人獨坐高山之巔正昂首仰望白雲時，其悠然情態瞬間躍然紙上，直通到觀賞者的心坎上。就畫作之布局來看，矗立在整個畫面的正中央是一高聳近逼天際而斜向左側的高山。它約在畫面三分之二的位置，其下約三分之一的地方，有一緩坡近景。在那坡上的左側，則畫有一樹花開以資點綴，並與高山左側懸空處相互映襯。高山之巔有一人獨坐，而在其上方亦約佔畫面的三分之一處，只見右上方虛畫幾筆，以示不定的行雲；至於其他地方則是留白。如此構圖，使人感受到山氣穿流在天地之間，而獨坐之人默然與高山為一之意境。雖不見流水，但所謂山高水長，層巒峰林裡自有飛瀑流泉穿梭其間，不必一一見於畫作之上。王維詩云：「行到水窮處」，畫面上之高山正象徵那飛瀑流泉的發源處。顯然可見，釋曉雲此畫正得王維詩之神韻。獨坐之人一如行雲，來去自由，故無下山返家之急迫感。陶淵明所謂「雲無心而出岫」（《歸去來兮辭》）。坐看雲起的那人想必也從中領悟了「無心」之自然意趣。

　　釋曉雲認為禪的境界一如宋・清珙（石屋禪師）云：「著意求真真轉遠，擬心斷妄妄猶多。道人一樣平懷處，月在青天影在波。」（《山居詩》）又如「泅石有聲聞者誰」和「萬象平沈心更寂，波光常與月輪齊。」這些都是充滿深邃禪意的詩句。她說：「所謂萬象，便是萬法；萬法歸宗，在許多的不同中求其大同，這就是佛教的思想。」[28]至於何為深達禪境的句子，釋曉雲說比如：

28　曉雲法師，《禪畫禪話》（臺北：原泉出版社，1994年），頁106。

「聽夜靜之鐘聲，喚起塵中之夢，觀寒潭之月色，窮見身外之身。」它推出了一個境界，把宇宙溶化自己，看到了宇宙間靜中之動，動中之靜，因為了解靜，始能了解動；故此有大靜必有大動，如果動靜能夠均等，那便是藝術。俄國文學家托爾斯泰也說過：「活動而不藝術，便是野蠻。」[29]從「把宇宙溶化自己，看到了宇宙間靜中之動，動中之靜，因為了解靜，始能了解動；故此有大靜必有大動」的這一闡釋裡，我們發現釋曉雲化用了《老子》所謂「夫物芸芸，各復歸其根。歸根曰靜，是謂復命。復命曰常」（16章）的自然觀。

在釋曉雲看來，「禪，實在不容任何表達，而本體的詮義卻又含蘊在那極單純，而無痕跡的機竅中」[30]。因此，「禪畫的筆墨中，隱約似禪詩，禪詩的字裡行間可彷彿看到一幅禪畫」[31]。她說：

> 禪畫禪詩，正如文學之與藝術，互相影響，互為增益。藝術不能欠乎文思之滋潤，而禪畫之表裡即禪思之形象畫，則禪詩是禪畫靈源湧泉中之活流。「流水不是聲，月明元非色，聲色不相關，此境誰會得。」憨山大師詩句，是詩是畫，「教我如何說」不可說而說，說而不說，不說而說──禪師乎境。無可畫而畫，畫而不畫，不畫而畫──禪畫之境。[32]

釋曉雲在此點出「禪師乎境」，亦即「禪畫之境」即美感之所在。準此看禪詩，亦然。釋曉雲認為：「意境，由心靈的外溢，如說『山

---

29 同注28，頁105。
30 曉雲法師，《佛教藝術講話》（臺北：原泉出版社，1994年），頁59。
31 同注30。
32 曉雲法師，《佛教藝術論集》（臺北：原泉出版社，1994年），頁287。

水樹石人物等，都隨筆點染，意思簡單，表現不費修飾的畫風』。禪宗，以不須思維而瞭然於中——自然無遺，這是禪心與畫境共通處。」[33]亦即「在事物的境界，而寫出事情的精神。並且在畫的意境中給與人們，一種心靈的啟示。比方雲煙變幻的景色，但中間有了一種幽玄之思忱，啟人超思默識，大概是間接而含有禪味的畫想。」釋曉雲這一闡釋適足以證成其《坐看雲起時》即所謂禪畫，而王維之《終南別業》亦即是禪詩。蘇軾論詩畫云：「論畫以形似，見與兒童鄰；作詩必此詩，定知非詩人。詩畫本一律，天工與清新。」[34]釋曉雲與王維之詩畫可說是臻至「天工與清新」之境。

關於禪宗與中國文學藝術的關係，釋曉雲認為：「佛教傳入中國，始於東漢，盛於中唐。禪宗則從晚唐到五代，十分興盛。到了宋朝，禪風更為大興。禪宗的思想，是直超頓悟之法門，不假講論思維，當下即悟，便如『雲開見月』，瞭瞭明明，故在禪門中，語言文字，都是多餘，全在心靈的契悟與體會，故當時一般學術界和藝術家都大受感格。佛教禪風與中國藝術結下了大因緣。唐宋以來多方外畫師，如巨然、漸江等為著稱。明清之際則石濤等為上乘。」[35]她進一步說：

禪，是絕對的。「灑灑落落，無依無託」，是禪家淡薄風味，

---

33 同注28，頁70。釋曉雲說：「禪宗的思想接近了藝術涵養之工夫，於是藝壇中有了新穎的名詞，當時文化畫派名稱『繪畫』為『寫畫』，意謂寫出心靈的逸意。繪是繪彩技巧之工夫。」（同上）

34 《書鄢陵王主簿所畫折枝》其一，《蘇軾詩集合注》全三冊（中）（宋・蘇軾著；清・馮應榴輯注；黃任軻、朱懷春校點，上海：上海古籍出版社，2001年），頁1437。

35 同注28，頁69。

它們將眾雜紛紜之心思理念,澄清起來,好像明月懸掛在高空。明月,能照徹許多東西,但它並未有粘住了什麼。故云:「月行空無跡」(見高僧《山居詩》)藝術之超然心境,類近於此。佛經有云:「心如工畫師」,大畫師之心能觀察萬象群態,但它們心中也不想粘住了什麼。[36]

在釋曉雲看來,「吾人倘能從『物』的纏縛解放出來,精神才有活躍之機會。古人云:『不為物役』,即是我為物主,人,若不能為物之主,物質將會動搖了心思。物為用,心為體。非盡棄吐物,但不為物所累,禪的修養,於此才是下了一段工夫。畫人之藝術人格修養亦於此才是下了一段工夫」[37]。

五 結論

誠如前述臺靜農所說,「道、釋兩家的基本思想儘可不同,然詩人受其影響反映於文學方面的,則有一共同傾向:即契心自然,嚮往閒適。」經由上述對釋曉雲《坐看雲起時》與王維《終南別業》的比較分析可知,詩言畫中意,畫寫詩中情,王維的詩情與釋曉雲的畫意,即為禪詩與禪畫之美感所在,亦即在一無我的自然境界中透顯出禪意。

總之,中國詩畫的精神固然都是寫意的,但其表現卻有不同,它們之間的微妙關係實在值得我們探究。關於繪畫,釋曉雲認為藝

---

36 同注35。

37 同注28,頁70。

術本體的中心——即「仁」[38]。至於鑑賞藝術作品的準則,她說:

> 凡是一部具有生命之藝術作品,作者給與人的認識,不是單
> 在繪畫師之用筆與色彩之迷人;而是離乎畫面的一切,我們
> 閉著眼睛時,從心靈所引發的是什麼,如欣賞者不能體驗到
> 這些,則作者亦許未能表達到這境地。——這亦許可說,這
> 作品的高度是「術」的工夫,而或未達到「藝」的修養。所
> 謂「游於藝」,「神乎其藝」;所謂「道通於藝」,「藝與道合」,
> 中國古代著名之畫家是能夠達到此種境界的。這是由於心靈
> 與學問兩者修養的完成,所表露人的內在的靈感產物。[39]

釋曉雲在此強調凡是一部具有生命之藝術作品必然是作者「心靈與
學問兩者修養的完成,所表露人的內在的靈感產物」,因此它就能
表現出「藝與道合」的境界。準此,藝術作品之所以迷人,便在於
那「離乎畫面的一切」在欣賞者的心靈所引發的感受,此即是美
感。準此以觀王維詩風,誠然。明・顧起經云:

> 玄、肅以下詩人,其數什百。語盛唐者,唯高、王、岑、孟
> 四家為最。語四家者,唯右丞為最。其為詩也,上薄
> 《騷》、《雅》,下括漢魏,博綜群集,漁獵百氏,於史、
> 子、《蒼》、《雅》、緯候、鈐決、內學、外家之說,苞并總

---

38 釋曉雲「藝術的仁道觀」乃是承繼孔子「游於藝」的美學思想。詳參拙作〈試
論曉雲法師對孔子美學思想的繼承與發展〉,《華梵人文學報》,第三期,2004
年,6月。

39 曉雲法師,《印度藝術》(臺北:原泉出版社,1994年),頁42。

統，無所不窺，郵長於佛理。故其擒藻奇逸，措思沖曠，馳
邁前榘，雄視名儁。[40]

雖然釋曉雲所說的是繪畫藝術修養的完成，但卻不期然地與上述顧
起經評王維詩藝的觀點相似。

釋曉雲認為詩是「有聲的畫」，畫是「無聲的詩」，無論如何，
詩畫到了極境時，應是無聲勝有聲。她說：「在最高的境界中時，
卻並非語言所能代表的，所謂語言，在某一些時候，也實在不能
夠，或不足以代表自己的意思。有時，正是可以意會，而不可以言
傳。由此，我們也可以引證佛教，禪宗的『言語道斷，心行處滅』
的意思，因為人類心與心的語言，才是最高表現的語言。佛教便是
叫人怎樣用心言，以及了解心語，因此，佛學便是心學；當達到至
高境界時，語言是多餘的了。」[41]誠哉斯言！

　　附記：原載於華梵大學《2019第一屆佛教藝術學術研討會會議
　　　　　　　　　　　　　　　　　論文集》；略作修改。

---

40 明·顧起經，《題王右丞詩箋小引》，見奇字齋刊《類箋唐王右丞集》（轉引自注
　　2，冊四，頁1367。）
41 同注28，頁108。

主要參考書目

一 古籍

漢・鄭玄注，唐・孔穎達疏，《詩經注疏》，《十三經注疏》本，臺北：藝文印書館，1989年。

漢・孔安國注，唐・孔穎達疏，《尚書注疏》，《十三經注疏》本，臺北：藝文印書館，1989年。

魏・王弼、晉・韓康伯注，唐・孔穎達疏，《周易注疏》，《十三經注疏》本，臺北：藝文印書館，1973年。

魏・何晏注，宋・邢昺疏，《論語注疏》，《十三經注疏》，臺北：藝文印書館，1989年。

晉・杜預注，唐・孔穎達疏，《左傳注疏》，《十三經注疏》本，臺北：藝文印書館，1989年。

宋・朱熹，《周易本義》，臺北：大安出版社，1999年。

宋・朱熹，《四書集註》，臺北：學海出版社，1988年。

宋・朱熹：《四書章句集注》，臺北：大安出版社，1996年。

宋・朱熹，《四書章句集註》，臺北：鵝湖出版社，2000年。

清・孫希旦，《禮記集解》，臺北：文史哲出版社，1990年。

清・戴震：《孟子字義疏證》，臺北：廣文書局，1978年。

韋昭，《國語韋氏解》，臺北：世界書局，1975年。

程樹德，《論語集釋》，臺北：鼎文書局，1980年。

周振甫譯注，《周易譯注》，北京：中華書局，1996年。

楊伯峻編著，《春秋左傳譯注》，北京：中華書局，1995年。

清・紀昀等編纂，《四庫全書總目》，臺北：藝文印書館，1989年。

日・瀧川龜太郎，《史記會注考證》，臺北：漢京文化公司，1983年。

唐・房玄齡等：《晉書》，臺北：鼎文書局，1990年。

梁・沈約：《宋書》，臺北：鼎文書局，1990年。

隋・姚察、謝炅，唐・魏徵、姚思廉合撰，楊家駱主編，《新校本
梁書》，臺北：鼎文書局，1992年。

唐・李延壽撰，楊家駱主編，《新校本南史》，臺北：鼎文書局，
1992年。

後晉・劉昫等撰，楊家駱主編，《新校本舊唐書》，臺北：鼎文書
局，1992年。

宋・歐陽修等撰，楊家駱主編，《新校本新唐書》，臺北：鼎文書
局，1992年。

梁・慧皎等撰，《高僧傳合集》，上海：上海古籍出版社，2011年。

魏・王弼等著，《老子四種》，臺北：大安出版社，2003年。

清・郭慶藩輯，《莊子集釋》，臺北：華正書局，1994年。

清・王先謙，《荀子集解》，臺北：華正書局，1988年。

楊伯峻，《列子集釋》，臺北：華正書局，1987年。

余培林，《老子讀本》，臺北：三民書局，2004年。

蔣驥，《山帶閣注楚辭》，臺北：洪氏出版社，1975年。

逯欽立，《先秦漢魏晉南北朝詩》，臺北：學海出版社，1984年。

胡鳳丹，《六朝四家全集》，臺北：華文書局，1968年。

鍾京鐸注，《阮籍詠懷詩注》，臺北：學海出版社，2002年。

韓格平，《竹林七賢詩文全集譯注》，長春：吉林文史出版社，1997
年。

梁・蕭統撰，唐・李善等註，《增補六臣注文選》，臺北：華正書局，1980年。

徐震堮，《世說新語校箋》，臺北：文史哲出版社，1989再版。

王叔岷：《陶淵明詩箋證稿》，臺北：藝文印書館，1975年。

王叔岷，《陶淵明詩箋證稿》，北京：中華書局，2007年。

王叔岷，《鍾嶸詩品箋證稿》，臺北：中央研究院中國文哲研究所，1992年。

楊勇，《陶淵明集校箋》，臺北：中國袖珍出版社，1970年。

梁・劉勰著，周振甫注，《文心雕龍注釋》，臺北：里仁書局，1984年。

清・董誥等編，《全唐文》全十一冊，北京：中華書局，1996年。

唐・王維撰，清・趙殿成箋注，《王摩詰全集箋注》，臺北：世界書局，1962年。

唐・王維撰；陳鐵民校注，《王維集校注》（修訂本）全四冊，北京：中華書局，2018年。

宋・蘇軾著；清・馮應榴輯注；黃任軻、朱懷春校點，《蘇軾詩集合注》全三冊，上海：上海古籍出版社，2001年。

清・王士禎原編，鄭方坤刪補，美李珍華點校，《五代詩話》，北京：書目文獻出版社，1989年。

北京大學北京師範大學中文系，北京大學中文系文學史教研室編，《陶淵明資料彙編》，北京：中華書局，1962年（2004年重印）。

《陶淵明研究資料彙編・陶淵明詩文彙評》，臺北：明倫出版社，1970年。

後秦・僧肇等注，《注維摩詰所說經》，上海：上海古籍出版社，2011年。

陳慧劍譯註，《維摩詰經今譯》，臺北：東大圖書公司，1990年。

北涼・曇無讖譯，《大般涅槃經》，臺北：新文豐出版公司，1987年
　　　再版。

唐・般剌密帝譯，元・惟則會解，《大佛頂首楞嚴經會解》，上海：
　　　上海古籍出版社，2011年。

宋・釋正受集注，《楞伽經集注》，上海：上海古籍出版社，2011年。

《六祖壇經──敦煌本・流行本合刊》，臺北：慧炬出版社，1993
　　　年。

明・朱棣集注，《金剛般若波羅蜜經集注》，上海：上海古籍出版
　　　社，2011年。

日・古芳禪師標註，《標註碧巖錄》，臺北：天華出版公司，1989年
　　　二版。

二　現代專書

上海佛學書局編，《實用佛學辭典》，臺中：台中蓮社，1990年。

中國古典文學研究會主編，《文心雕龍綜論》，臺北：臺灣學生書
　　　局，1988年。

方元珍，《《文心雕龍》與佛教關係之考辨》，臺北：文史哲出版社，
　　　1987年。

方祖燊，《陶淵明》，臺北：河洛圖書出版社，1978年。

王更生，《文心雕龍新論》，臺北：文史哲出版社，1991年。

弗蘭克著，黃宗仁譯，《從存在主義到精神分析》，臺北：杏文出版
　　　社，1977年。

石家宜，《《文心雕龍》系統觀》，南京：江蘇古籍出版社，2001年。

朱光潛，《詩論》，臺北：臺灣開明書店，1986年。

牟宗三，《判斷力之批判》，臺北：臺灣學生書局，1992年。

牟宗三，《才性與玄理》，臺北：臺灣學生書局，1993年。

李建中，《魏晉文學與魏晉人格》，武漢：湖北教育出版社，1998年。

李澤厚、劉綱紀，《中國美學史》第一卷，臺北：谷風出版社，1987年。

杜松柏選註，《禪詩三百首》，臺北：黎明文化公司，1981年。

杜松柏註撰，《禪海拈詩——禪詩百粹》，臺北：五南圖書公司，2017年。

卓菲婭・麗薩著，于潤洋譯，《音樂美學新稿》，北京：人民音樂出版社，1992年。

祁志祥，《中國佛教美學史》，北京：北京大學出版社，2010年。

柯慶明，《境界的再生》，臺北：幼獅文化事業公司，1977年。

柯慶明、林明德主編，《中國古典文學研究叢刊——詩歌之部（一）》，高雄：巨流圖書公司，2012年。

柯慶明，《柯慶明論文學》，臺北：麥田出版社，2016年。

胡志奎，《學庸辨證》，臺北：聯經出版事業公司，1984年。

孫昌武，《詩與禪》（第二版），臺北：東大圖書公司，1994年。

容肇祖，《魏晉的自然主義》，北京：東方出版社，1996年。

徐復觀，《中國藝術精神》，臺北：臺灣學生書局，1966年。

徐復觀，《中國文學論集》，臺北：臺灣學生書局，1980年。

徐復觀，《中國人性論史——先秦篇》，臺北：臺灣商務印書館，1988年。

袁行霈，《陶淵明研究》，北京：北京大學出版社，1997年。

袁濟喜，《和——中國古典審美理想》，北京：中國人民大學出版社，1989年。

張　亨，《思文之際論集：儒道思想的現代詮釋》，臺北：允晨文化
　　　　實業公司，1997年。

張海沙，《佛教五經與唐宋詩學》，北京：中華書局，2012年。

戚良德主編，《儒學視野中的《文心雕龍》》，上海：上海古籍出版
　　　　社，2014年。

敏　澤，《中國美學思想史》第一卷，濟南：齊魯書社，1987年。

敏　澤，《中國文學理論批評史》（上、下），吉林：吉林教育出版
　　　　社，1993年。

郭沫若著，郭沫若著作編輯出版委員會編，《郭沫若全集‧考古
　　　　編》，北京：科學出版社，2002年。

陳秀慧，《曉雲法師教育情懷與志業》（修訂版），臺北：萬卷樓圖
　　　　書公司，2019年。

傅偉勳，《批判的繼承與創造的發展──「哲學與宗教」二集》，臺
　　　　北：東大圖書公司，1986年。

傅偉勳：《從創造的詮釋學到大乘佛學》，臺北：東大圖書公司，
　　　　1990年。

勞思光，《新編中國哲學史》，臺北：三民書局，1988年。

馮契，《中國古代哲學的邏輯發展》，上海：上海人民出版社，1993
　　　　年。

黃俊傑編譯，《史學方法論叢》，臺北：臺灣學生書局，1984年。

黃慶萱，《修辭學》（增定三版），臺北：三民書局，2017年。

葉舒憲主編，《文學與治療》，北京：社會科學文獻出版社，1999年。

葉嘉瑩，《迦陵談詩二集》，臺北：東大圖書公司，1985年。

葉嘉瑩，《阮籍詠懷詩講錄》，臺北：桂冠圖書公司，2000年。

葉維廉，《中國詩學》，臺北：臺大出版中心，2014年。

葉慶炳,《中國文學史》,臺北:臺灣學生書局,1987年。

葛榮晉,《中國哲學範疇導論》,臺北:萬卷樓圖書公司,1993年。

臺靜農,《臺靜農論文集》,合肥:安徽教育出版社,2002年。

臺靜農,《中國文學史》,臺北:臺大出版中心,2004年。

趙利民主編,《儒家文藝思想研究》(傅永聚、韓鍾文主編,《二十世紀儒學研究大系》總21卷,北京:中華書局,2003年)。

劉信芳,《簡帛五行解詁》,臺北:藝文印書館,2000年。

劉翔平,《尋找生命的意義:弗蘭克的意義治療學說》,臺北:貓頭鷹出版社,2001年。

劉運好,《魏晉哲學與詩學》,合肥:安徽大學出版社,2003年。

德・漢斯-格奧爾格・加達默爾(Hans-Georg Gadamer),洪漢鼎翻譯,《真理與方法》,臺北:時報文化出版公司,1993年。

曉雲法師,《佛教藝術論集》,臺北:原泉出版社,1991年。

曉雲法師,《中國畫話》,臺北:原泉出版社,1994年。

曉雲法師,《印度藝術》,臺北:原泉出版社,1994年。

曉雲法師,《佛教藝術講話》,臺北:原泉出版社,1994年。

曉雲法師,《禪畫禪話》,臺北:原泉出版社,1994年。

曉雲法師,《流光集叢書》,臺北:原泉出版社,1998年。

曉雲法師,《坐看雲起~曉雲法師書畫集》,臺北:原泉出版社,2018年。

蕭麗華,《唐代詩歌與禪學》,臺北:東大圖書公司,1997年。

錢鍾書,《談藝錄》,臺北:藍燈文化公司,1987年。

謝大寧,《歷史的嵇康與玄學的嵇康——從玄學史看嵇康思想的兩個側面》,臺北:文史哲出版社,1997年。

藏　策,《超隱喻與話語流變》,天津:天津人民出版社,2006年。

魏耕原，《陶淵明論》，北京：北京大學出版社，2011年。

魏啟鵬，《簡帛〈五行〉箋釋》，臺北：萬卷樓圖書公司，2000年。

龐　樸，《帛書五行篇研究》，濟南：齊魯書社，1988年。

龐　樸，《竹帛〈五行〉篇校注及研究》，臺北：萬卷樓圖書公司，
　　　　2000年。

文學研究叢書·古典詩學叢刊 0804Z01

儒道佛陶染的詩文美學詮釋

作　　者　吳幸姬
責任編輯　呂玉姍
特約校對　林秋芬

發 行 人　林慶彰
總 經 理　梁錦興
總 編 輯　張晏瑞
編 輯 所　萬卷樓圖書股份有限公司
　　　　　臺北市羅斯福路二段 41 號 6 樓之 3
　　　　　電話 (02)23216565
　　　　　傳真 (02)23218698

發　　行　萬卷樓圖書股份有限公司
　　　　　臺北市羅斯福路二段 41 號 6 樓之 3
　　　　　電話 (02)23216565
　　　　　傳真 (02)23218698
　　　　　電郵 SERVICE@WANJUAN.COM.TW
香港經銷　香港聯合書刊物流有限公司
　　　　　電話 (852)21502100
　　　　　傳真 (852)23560735

ISBN 978-986-478-513-1
2021 年 8 月初版
定價：新臺幣 360 元

如何購買本書：

1. 劃撥購書，請透過以下郵政劃撥帳號：
　帳號：15624015
　戶名：萬卷樓圖書股份有限公司
2. 轉帳購書，請透過以下帳戶
　合作金庫銀行 古亭分行
　戶名：萬卷樓圖書股份有限公司
　帳號：0877717092596
3. 網路購書，請透過萬卷樓網站
　網址 WWW.WANJUAN.COM.TW

大量購書，請直接聯繫我們，將有專人為您服務。客服：(02)23216565 分機 610

如有缺頁、破損或裝訂錯誤，請寄回更換

國家圖書館出版品預行編目資料

儒道佛陶染的詩文美學詮釋/吳幸姬著. -- 初
版. -- 臺北市 ：萬卷樓圖書股份有限公司,
2021.08
　面 ；　公分. -- (文學研究叢書. 古典詩學叢
刊 ；804Z01)
ISBN 978-986-478-513-1(平裝)

1.中國文學 2.文學美學 3.文學評論

820.7　　　　　　　　　　　　110014016